モテたいと思っている男ってなんであんなに気持ち悪いんだろう

～本当にうまい女性のほめ方～

JN206254

大島薫

竹 書 房

まえがき

新宿の片隅にゴールデン街という古い飲み屋街がある。昔は気難しい店主ばかりの薄暗い裏通りだったのだが、最近は外国人旅行者の観光スポットになっていてテレビの取材でも取り上げられるようになり、一見《いちげん》さんの若者もよく訪れるようになった。

その日、僕がゴールデン街のとあるバーで飲んでいると、酔っぱらった2人組の男女がやってきた。2人組は僕の席の隣に座り、男性はハイボールを頼み、女性はショートカクテルを頼むとお決まりのように半分くらいこぼしながら口元に運んでいる。2人とも年齢は30前後だろうか。

「私はー、けんちゃんのこと嫌いではないよ」

「だろう？　みゆきは俺と絶対相性いいんだって」

その前からの会話の流れはわからないが、そんなような話をしている。たぶんけんちゃんというのがそこにいる男性のあだ名で、みゆきが女性の名なのだろう。

「おねーさん、すっごく色気ありますね」

突然みゆきのほうから声をかけられた。男に口説かれている女性というのは、よく周りの女性を男の前で褒《ほ》めてみせる。

「あはは……そうですか？」

はしゃぐのもバカらしいし、そんな年でもないので軽く返した。

「俺ら初めてくるんスよ。おねーさんはよくここ来るんですか？」

続いて、けんちゃんも話しかけてきた。

「ええ、まぁ……」

これも適当に相槌を打つ。話を振られたからといって、男女の会話に入るほど無粋でもない。それと、彼らの会話に参加するととてつもなくめんどくさそうな気がする。

「むぅ……おねーさん綺麗だから、あんま見ちゃダメ」

女性がカウンターに乗った男性の片手を軽く掴み、小声でそう伝えるのが聞こえた。おうおう、やってんなやってんな。

「おねーさん、聞いてくださいよー。彼ったら彼女がいるのにアタシとキスしたいとかいうんですよー」

知りません。とも言えずに、ちょっと苦笑して
「それは良くないですよね――」

と僕がいいかけたとき、突然けんちゃんがみゆきの唇を奪った。ショートグラスの中のカクテルは静かに水面を打っている。

「俺は……本気だから」

唇を離したけんちゃんが、真面目な顔をしてそう告げた。

みゆきは驚いたままだった顔をゆっくり伏せ、けんちゃんのTシャツの袖を掴んでこう返し

た。

「もう……ダメだよ」

そのときの僕の目は、虫の死骸を運ぶ蟻の行列を見るときと同じようにうつろだったと思う。

他人のラブゲームに突然巻き込むのを処罰する法律を作って欲しい。本当に切にそう願った。


ご挨拶が遅れました、どうも、大島薫です。まず初めに僕が遭遇した悲しい出来事のお話をさせていただきましたが、皆さまもイヤな気分になられたでしょうか？　不幸のおすそ分けができたのであれば幸いです。

とはいえ、自分たちが恋愛をしているときも似たり寄ったりかもしれませんね。恋は盲目。燃え盛る2人の愛で周りまで大火事に！　あの2人ももっと円滑なコミュニケーションをしていれば、こんなことにはならなかったのに。

男女の認識の違いってものは2人のすれ違いを生み、だけど、そのすれ違いに「なんでわかってくれないの？　こんなに愛しているのに」とさらに愛を加速させます。でも、それも度を過ぎると「あ、こいつダメだわ」なんて見切りをつける原因にもなったりしますね。

「男と女は別の生き物！　だから、わかり合えないのはしょうがない」

そう割り切ってしまうのは簡単ですが、本当にそうでしょうか？

僕は23歳のころに、男性の見た目から女性の見た目に生活を変えて生きてきました。見た目だけで身体は男性のままですし、恋愛対象は男女両方です。とはいえ、実際に生活してみると、見た目の立場が変わっただけでまるで別世界に来たような体験を色々としてきました。

例えば電車に乗っていて痴漢をされるなんてことも初めて経験しましたし、飲み屋で男性に口説かれたりするのも初めての経験です。その中で、昔女性たちがいっていた「男性にはわからない感覚」というのもいくつか体感することができました。

なぜ女性は「セックスレスで寂しい」というのか、なぜ女性はセクハラに敏感なのか、なぜ女性は口喧嘩になるとすぐ黙るのか。男性の僕が長年謎だった数々が、ちょっと立場を変えて見方を変えれば存外納得のいくものだったのです。

これはつまり、生理のような身体のつくりの話を「見た目が変わっただけで理解できた」ということではないということなんですね。そう、僕らが「男性の特徴」「女性の特徴」みたいに呼んでるものは、生まれたときからそうだから一生わかり合えないものってだけではないんです。

問題は「わかろうとしないこと」だったんです。

この本では僕が見た目の変化を通じて感じた「女性のここがわからない」の謎解きをご紹介していきます。なにも僕のように女装して生活なんかしなくても、ちょっと見方を変えてわかりやすい言葉で伝えれば、きっと多くの男性たちも理解できる内容と信じていますので、ぜひこの本を通じて先のような『加速する男女のすれ違い』で僕と同じ被害者を出さないことを願っております。

目次

第1章 男性と女性はこんなに違う。セクハラ、パワハラといわれないために知っておいてほしいこと。

第2章　初めてのデートで「この人ないな」と思われないための女性の褒め方。

第3章 彼女や奥さんがいる男性へ。普段から愛していると伝えていますか。

第1章

男性と女性はこんなに違う。
セクハラ、パワハラと
いわれないために
知っておいてほしいこと。

1

「男だから泣くんじゃない」
これは女性からすると
さぞつまらなそうだ。

昔彼女に「あなたは私と一緒にいても全然楽しそうじゃない」と言われたことがある。はてな？　と思った。一緒にいたくなければ付き合わないし、楽しくなければ遊びにだっていかないはずだろう。

今この見た目になって女子会に呼ばれることがある。女性というのはシルエットが同じだと安心するのか、僕も女性としてカウントしてくれるようだ。

そこで結構なカルチャーショックを受けた。例えば、女友だちがパンケーキを食べる。

「おいしー！」

「ねー！　２人で食べるの楽しいね」

そんな言葉が飛び交うのだ。彼女らは楽しいときに迷わず「楽しい！」と誰かに伝えるのだ。そのとき僕はああ、そうか……彼女が言っていたのはコレかと思った。

思えば男性は子どものころから「男だから泣くんじゃない！」とか「ヘラヘラするな」と、出すことを封じられた感情がたくさんある。それは男性の矜持とともに全ての感情を鈍感にさせてしまった。

女性たちからすると、それはさぞかしつまらなそうに見えることだろう。今はそんな時代ではないのだ。

楽しいことを楽しい。嬉しいことを嬉しい。そんな風にしっかり伝えてあげることで、僕らの関係はよりスムーズになるのかもしれない。

2

「好き」と言ってくれたのに
付き合ってからは
まったく
言ってくれない彼氏。

会話に関してもう一点。よく女性から「彼氏がいつも否定ばかりしてくるんです」と相談を受けることがある。そういえば、男性は否定で会話を回しがちだなと思う。

「この曲いいよな」

「えー、俺このギター微妙。それよりこっちのほうがさ……」

「いや、古くない？」

といった具合に、否定で回る会話を見たことがないだろうか？　思えば男性は「否定をすることが意見をいうこと」だと考えている節がある。同意を得られていることをいちいち確認しなくていいと思っているのだ。

女性の場合は「この曲良くない？」に対して「わかるー」と伝える。男性はこれでは会話が終わってしまうと考えがちなのだが、当の女性たち側からすれば男性同士の会話は喧嘩に見えることだろう。

よく付き合う前は「好き」と言ってくれたのに、付き合ってからはまったく言ってくれない彼氏――なんて話があるだろう。あれもそのはず。お互い好きかわからない最初のころは好きかを確認するために言葉にするが、付き合い始めるとお互い好きだと同意がとれているのでわざわざいわなくなる。

しかし、それは普段同意の言葉を表現し合っている女性たちからすると、不安要素でしかない。気持ちと同意の表現。これを怠ると女性との円滑なコミュニケーションは難しい。

3

女性を褒《ほ》めたい、
でもセクハラと
とられたくはない。
そんな真面目な男性は
顔ではなく服を褒めよう。

「最近はなんでもかんでもセクハラにされる。こんなんじゃ女性を褒《ほ》めることすらできない」

そんな風にお悩みのあなたは、女性同士の会話にヒントがあることをご存じだろうか。

女性がやる褒め方とはこんな感じ。

「今日の服似合ってるね」

おわかりだろうか？　じゃあ、これがこんな褒め方だとどうだろう。

「今日も足が細くて綺麗だね」

この違いが大事なのだが、要するに女性は『持って生まれた部分』ではなく『センス』を褒めるのだ。例えば、足が細くて綺麗というのは持って生まれたもので、本当は嫌いな部位かもしれないし、性的な要素を含んでいる感じがする。

しかし、服であれば自分が選んだものなので、わざわざ気に入らないものを買った可能性は低いはずだ。職場などだとメイクや服装について触れることすら不快という女性も多少いるので、そういう場合はバッグなどの持ち物を褒めれば良い。

ちなみに、服装のこととはいえ、間違っても「この短いスカートがいいねぇ」なんていってはいけない。ちなみに、粘っこいベタっとしたようなトーンでの褒め言葉もダメだ。褒めなれていない人はそうなりがちなので、彼女がいる人や奥さんがいる人は彼女らを普段から褒めるクセをつけて練習しておくと良い。

4

女性だからといって
「結婚・出産」をしなければ
いけないわけではない。
「女の幸せは結婚・出産」
という考えはもはや昭和。

「へー。○○さんって今年30歳なんだー。そろそろ子どもとか考えないとね」

この言葉のどこがセクハラかわかっていない男性は非常に多い。年齢については会話の流れから女性が申告していたとして、なぜそれが「子どもとか考えないとね」になるのかという話だ。これを説明したところで「だって年を取ると出産大変になるんでしょ？　事実なんだからいいじゃん」と反論する男性も多い。

そもそも女性だからといって必ず「結婚・出産」をしなければいけないわけではないのだ。それは女性に対して暗に「女に生まれたからにはお前も当然子ども産むんだよな？」という圧力をかけることになり、セクハラになる。この旧世代的な女性論を持っているのは男性に限らず、年配の女性にも多い。同じように「○○さんもそろそろ結婚しなきゃね」と職場の女性などにいわれて不快な想いをしたという女性も結構いる。

結婚情報雑誌のゼクシィが２０１７年キャッチコピーに用いた「結婚しなくても幸せになれるこの時代に、私は、あなたと結婚したいのです」が多くの女性の共感を得て評価されたことは記憶に新しい。男性側であっても、いまや結婚しないという選択肢は普通にあり得るのだという感覚は持っておきたい。

なにも下ネタや性的な接触だけがセクハラになるわけではない。女性という性を偏見や差別で捉えることのないよう、「女の幸せは結婚・出産」という感覚を当たり前に持つことはやめていかなければならない。

5

下ネタやジョークというのは
受け手の立場によって
笑えるものも
笑えなくなるものだ。

男性の方でいままで「痴漢」されたことがあるという人はどれくらいいるだろうか。まあ、この本を読んでる人の中に何人かはそういう人もいるだろう。では10回以上痴漢されたという人は？　そんなにいないのではないだろうか。これが女性の中には結構な数の体験者がいる。

この見た目になって、いままでの女性の見ている世界というのはこうだったのかと衝撃を受けることもたくさんあった。その中の1つが「女性が受ける日常的な性被害」だ。例えば街を歩いていてしつこくナンパされる。電車で痴漢をされる。飲みの席でしつこく口説かれる。半ば強引にホテルに連れ込まれる。

男性の見た目のときでもそういう話は聞いたことがあったが、その頻度がこんなにも高いというのはやはり立場が変わってみないと実感できないものだ。もちろん人にもよるが、ほぼ外に出ればなにかしらのセクハラは受けている。

よく「ちょっと下ネタいったくらいで女性に引かれた」という男性がいるが、ジョークというのは受け手の立場によって笑えるものも笑えなくなるものだ。毒舌も行き過ぎればただの悪口だし、ブラックジョークも空気が読めなければただの不謹慎になる。

女性がそういった性被害を日常的に受けていれば、ちょっとした下ネタも１００倍気持ち悪いものになったりするのだ。職場の同僚や男友だちにまでそういう冗談をいわれると、なんというか「お前もか」という気持ちでガックリくる。わざわざ一瞬の軽い笑いを得るために、下ネタなんてそんな危険な橋を選んで渡る必要もない。

6

「なんでもできる人なら
私って必要ないじゃん？」
って思う人もいる。
完璧な男性である
必要はないのだ。

まあ、これをいってしまうと、この本自体の否定になるのだが、「完璧な男性」みたいなものを理想にしている女性が多いイメージを持っていないだろうか？　例えば、少女漫画に出てくるような顔も良いし頭も良いし高身長で女心もわかってる……みたいな。

この本は女性の立場から見た世界をご紹介して、より女性との関係性をスムーズにしようというような趣旨で書いているのだが、じゃあ、果たして「女心が完璧にわかる男」って人間がいたとして、僕はたぶん逆にそういう男性は女性からモテないだろうなとも思ったりする。

たぶんそれができてしまうと、恋愛対象の異性というより、完璧な友人関係の同性みたいな感覚になる気がするのだ。よく女友だちの彼氏の愚痴や相談に乗っているときに、いじわるでこんなことを聞いてみることがある。

「じゃあ、別れたら？」

そこで大体の女性は「いや、そういうんじゃないんだけど……」と続けるのだ。そう、「彼氏が全然私のことわかってくれないのー！」という状態は、でも、そういうすれ違いを楽しんでいる心がどこかにあるのだ。

それはそうだろう。だって、「なんでもできる人なら、私って必要ないじゃん？」って思う人だってそりゃ当然いる。とはいえ、個人的にはセクハラや心無い言葉をいって女性を傷付ける男性になるくらいなら、モテなくても女心を理解してくれるような男性が増えて欲しいと思う。

7

「最近太っちゃった」に対する答えは「そんなことないよ」ではなくキョトン顔で「え、綺麗じゃん」。

女性の自虐フレーズというのはその場に一瞬の緊張感を生み出す。「あたしブスだから」とか「あたしデブだし」は周りが返答に困る自虐の1つだろう。

次に解答例を書いてみるので、1つ1つ一緒に考えてみよう。

①そうだね

これは良くないだろう。本人もわかってるから言ったのだが、実際に他人からそう認められてしまうと傷付く。

②そんなことないよ

これもよくない。太ったって本人が思ってるんだから「太ってないよ」は相手にとって嘘でしかない。

③俺はそれくらいが好きだな

これもダメだ。じゃあ、痩せたら嫌いなの？　となってこいつセンスねーなと感じるだろう。

さて、では正解はこちらだ。

④一瞬本気で何を言っているかわからないというようなキョトンとした顔を見せて、「え、綺麗じゃん」

これだ。普段女性に鈍感な物言いをして怒られている男性も、こういうときは逆に鈍感さが大事だ。だって、その鈍感さを女性たちは「あざとい」と呼び、そして、あざといと思いながらも、そういうことが言える男に惹かれてしまうものなのだ。

8

女性の化粧は
誰かのためではなく
自分のテンションを
上げるためのもの。
「モテるため」と捉えると
女性との溝は深まる。

女の支度は時間がかかる。そういうイメージをお持ちの方は多いのではないだろうか。僕も昔は彼女と自宅で出かける準備をする際に、彼女がメイクに長々と時間をかけてるのを見て「いいじゃん、すっぴんで。そんなみんながみんな見てるわけじゃないのに」なんて言ったことがあった。

いま自分がやってみて思うのだが、メイクは『武装』だなと感じる。いや、もっといえばヒールもスカートもネイルも全てが武装だ。例えば、あなたが江戸時代にいる武士だとして、みんなが刀を腰に差して歩いているところを、今日はたまたま刀を置いてきてしまった……なんてことがあったら、ものすごく不安に思う気がしないだろうか。

逆に、腰に刀を差してるだけで、普段自分に自信のない人が堂々と振る舞えたりすることもあるかもしれない。それがメイクなのだ。

誰のためでもない、自分のテンションを上げるためにする化粧。だから、それを「男のため」「モテるため」みたいに捉《とら》えると、女性との溝が深まりやすい。

とはいえ、だからって「自分のためにメイクしてんなら、俺より30分くらい前に起きて支度始めろよ。自分のためだろ」みたいな考え方も良くない。男性はしばしば女性たちの美しさを「華がある」だのなんだのと言って、勝手に癒しとして享受している側面もあるのだから、そこは気づかいをもって接すると良いだろう。

互いに当たり前にやっていることも、それぞれの立場ならではの悩みがあるものだ。まずはそれを理解することから始めよう。

9

女性は1日にしてならず。
何もしなくて
女性が女性を
維持し続けられる
わけではない。

たまに「え？」と思うのだが、男性の一部には「女性は生まれながらにして女性だ」と勘違いしている人がいる。例えば、女性に生まれた人間は体質的ななにかや、ホルモン的ななにかで最初から良い匂いがするし、ヒゲは生えないし、顔立ちもまったく男性とは違う。そういう考え方だ。

もちろん、ホルモンや体質的なことは当然あるのだが、じゃあ、何もしなくても女性は女性を維持し続けられるのかというとそうではない。性別というのは記号の寄せ集めだ。髪の毛が長ければなんとなく女性に見えるし、ヒゲが生えていたら男に見えてくるものだ。そして、その枠にいようとする努力を我々は「男らしい」と呼んだり、「女子力がある」とかいったりしてるに過ぎない。

こんな見た目で男女の世界を行ったり来たりしてると特に実感する。社会的な所作も全てそうだ。「女の子なんだから足を閉じなさい」とか「男なんだからナヨナヨするな」とかそういったものを子どものときから社会に強制されて、我々はだんだん「男と女」になっていく。

それは男女ともにわずらわしくもあり、楽しい面もあるのかもしれない。しかし、一度そういう視点を持って性を捉えてみると、言動が変わるのではないだろうか。

「女の子なんだからやっぱり子ども欲しいでしょ？」

みたいな発言も、そういう側面を知った上で考えてみると、人によってどれだけ残酷な一言なのかが理解できるのではないだろうか。

10

男性は常にナイフ片手で女性に話しかけている意識をもったほうがいい。

このテーマ、あちこちのコラムや書籍で書いたので、今回はどうしようかと思ったのだが、これを伝えることはある種の使命だと考えてここにも書いておこうと思う。

男性は「目に見えない強要」があることを知るべきだ。女性たちが普段ナンパや痴漢や変質者の被害を日常的に受ける可能性が、男性よりも高いという話は他の項でも書いている。加えて、基本的に物理的な力の強さは、女性より男性のほうが強いといえることもご理解いただけるだろう。

そこで起こってくるのが、「なにかを要求した側は無理やり強制したつもりがなくとも、相手は強要されたと感じる」というパターンの性被害や契約関係だ。

男性側の主張は大体いつも同じだ。「同意はあった」「彼女もにこやかに話していた」「脅した覚えなんて一度もない」中には嘘もあるのかもしれないが、男性が本当にそう感じていたケースもあるのだろうと思う。

それこそが見えない強要なのだ。たとえば、男性でもヤクザのような人たちに囲まれてにこやかに話しかけられながら脅すこともなく「契約書にサインしてくださいよー」と言われたら、はっきり断れるのだろうか。にこやかに対応してできるだけ相手を刺激せず、その場から逃れるためにサインをしてしてしまう人もいるのではないだろうか。

女性たちから見た普段の生活では、男性もそう見えているかもしれないという話だ。だからこそ、しっかりと意思の疎通をとる必要がある。我々は常にナイフ片手に女性に話しかけている意識をもったほうがいい。

11

恋愛はテクニック云々よりももっと基本的な知能指数や社会経験のようなものが物をいう部分が多く占めている。

昨今、発達障害という言葉が一般的になってきている。ちょっとコミュニケーションがうまくいかない人を見ると、「アスペ（注）じゃない？」なんて言われるシーンを目撃することも増えた。

よく「コミュ障」と自称したり、他人にいったりする場面をネットなんかで見たりするだろう。こういうコミュ障というのでイメージされがちなのは、おどおどして他人と話すのが苦手で無口な人間だが、僕はこっちのコミュ障はまだマシだと考える。一番誰にでも可能性があって怖いのが「他人とコミュニケーションが取れていると思っているコミュ障」だ。いわゆる空気の読めない人なんかがそれだ。これは知らないうちに他人を傷つけるし、行動を起こすのでなにかしらのトラブルを招きやすい。

もちろん、何もかもを病気に結び付けるのも、病気を差別するのも良くない。だが、恋愛においては皆相手を選ぶ権利を持つ。昨今ＡＤＨＤの診断を受ける患者が増える一方で、発達障害と恋愛も問題視されている。あなたがモテない理由は単純に「モテ方を知らない」という場合だけではないかもしれない。

よく女性は「察して欲しい」ということがあるだろう。この本でもそういう例をよく挙げている。だが、発達障害を持つ人にとって「察する」というのは非常に難しい行為だ。求めるものそのままを伝えることも難しい。恋愛はテクニック云々よりももっと基本的な知能指数や、社会経験、教育環境などが物をいう部分が多く占めているような気がしてならない。

（注）アスペルガー症候群　コミュニケーションや興味について特異性が認められるものの言語発達は良好な、先天的なヒトの発達における障害。

12

イケメンにはなれなくても
空気が読める男には
誰だってなれる。

距離感のわからない男性というのは非常に多い。物理的には「え、そんなに近付いて話さなくても……」とか、精神的には「え、仕事の関係なのにめちゃめちゃプライベートな質問するな、この人……」みたいなものとか、すべて距離感の問題だ。

女性はほぼ全ての男性に身体を急に触れられたりしたら嫌悪感を示すだろう。だが、稀に「あれ？　この人だけはそんなにイヤじゃないな」という人が存在する。ああ、だからといって「じゃあ、俺もそのタイプかも。女の子触りまくろう！」と思わないように。もし、思っていたとしたら、あなたは確実にそのタイプではない。

こういうのを見て「あれだろ？　『※ただし、イケメンに限る』ってやつだろ？」と思う男性がいるが、厳密にいうとそれも違う。「空気が読めている」というようなものに近い。

女性には近づいていいときと、悪いときがある。女性とあっという間に仲良くなれる男性は、この見極めがやたらとうまい。これはもちろん個人的な感想だが、女兄弟がいた男性などは上手だなと思う。

ぶっちゃけ「空気を読む」なんて曖昧模糊としたもの、どうやって身に付ければいいんだと思うだろうが、これはいわば経験則に近いのではないだろうか。接した回数、そういう場面に遭遇した回数だけ上手くなっていく。それが「空気を読む」ということだと考える。女性に対する苦手意識を募らせれば募らせるほど、女性との接し方はヘタクソになってしまうのだ。

13

暴力的で
肩で風切る男らしさを
求める時代は
終わったのだ。

「不良」といえば、モテる男の代表だった。これは別に昭和だけでなく、平成でも僕が高校生時分には、やはり真面目なメガネ男子より、学校をサボったり悪い遊びをする男子のほうがモテていたと思う。

この「悪い」ということには「暴力性」やある種の「男らしさ」みたいなものが付随しがちだ。売られた喧嘩は買う。他人に媚びない。いまでも「どうせ女は真面目な奴より悪い男のほうが好きなんだろ」と思っている男性もいるだろう。

しかし、いまやそういう「肩で風切る男らしさ」というのは無用の長物になっているなと感じる。最近はトイレで座って用を足す男性が増えて来ているという話を聞いたことはないだろうか？　掃除の大変さなどから彼女や奥さんに、トイレは座ってするようにいわれている男性が多いらしいのだ。また、電車などで足をガバッと開いて座るおじさんが迷惑だと問題視されていることが話題になったのも記憶に新しい。そういう表面上の「男らしさ」を求める時代は終わったのだ。

いま求められるのは「男らしさ」ではなく「漢気《おとこぎ》」なのだと思う。男らしさを辞書で引くと「雄々しいさま。男性的」と出てくるが、一方漢気は「弱い者が苦しんでいるのを見のがせない気性。義侠心」と出てくる。正しくいえば、男らしさの中にこの漢気も含まれているので、男らしさから見た目の雄々しさを取り除いて、自己犠牲の精神だけ残したような男性が1番いいというのが近いかもしれない。男らしさをはき違えない男性でいたいものだ。

14

若いということは
ある種のステータス。
何も学ばずにそのまま
年を取ってしまったら
悲惨だ。

２０１９年の６月、誕生日を迎えた平成生まれの僕は、元号が令和に変わるのとほぼ同時に30歳を迎えた。これを書いている年がいままさにそうだ。30歳を迎えて感じることといえば、若いうちから「人は無条件では愛されない」と知っておくべきだということ。

若いということはある種もう１つステータスを持っていることに他ならない。これは女性も男性も含めてだ。容姿が端麗なものであれば、若いということでさらに持て囃《はや》される面もあるだろうし、そうでなくともちょっとした失敗を「まだ経験がないもんね」ということで許されたりすることもある。

しかし、何も学ばずにそのまま年を取ってしまったとしたらこれは悲惨だ。人は老いる。容姿だけでチヤホヤしてくれていた人たちはより若い者を持ち上げ始め、若者と同じ失敗を繰り返す年配者は見限られ始める。

しかし、これは実は若いときから始まっていたことであって、年齢を重ねるごとに顕著になってきたに過ぎない、同じ若者の中でも容姿や年収、性格、人間関係など様々な条件の中で我々は人付き合いを選んできたし、選ばれてきた。本当に一緒にいて何のメリットもない友人なんていないはずだ。「一緒にいて楽しい」も然りだ。

これに若いうちから気付いておかなければ、年を重ねたときに「どうして俺のことを愛してくれないんだ！」とキャバクラ嬢に詰め寄ったり、「俺の魅力がわからない世間が悪いんだ！」と他人のせいにし続ける恥ずかしい大人になってしまう。人は無条件では愛されない。はい、復唱。

15

嫉妬《しっと》はしても束縛はするな。
女の世界を
狭《せば》めていい男なんて
この世にはいない。

うちの両親は日系ブラジル人だ。

「よそはよそ。うちはうち」のように母親というのは色々な名言を生み出すものだ。ちなみにうちの母親の言葉の中で、いまでもよく思い出すものをいくつか紹介しよう。

「女はね、妊娠中にされた旦那からの不義理や心無い言動を一生覚えているものなの」

これはうちの父親がなにかをやらかしたことを示唆しているのだろうが、詳しい事情は知らない。だが、幼い息子にキッチンに向かいながら一瞥もせず、この言葉を言った母の後ろ姿はいまでも脳裏にこびりついている。ぶっちゃけ怖かった。

「嫉妬はしても束縛はダメよ。女の世界を狭《せば》めていい男なんてこの世にはいないの」

これは高校生くらいのときに、初めて彼女ができたのだが、当時の僕はかなりの嫉妬しいだった。他校の彼女だったのだが、お互い学校での様子などはわからないため、その当時の僕としては彼女から聞く彼女の高校の男関係に気が気でなかった。そういった想いから、僕が彼女に束縛めいたことをしていることを聞いた母親が言った言葉がこれだったのだ。

これが思春期の反抗期真っ盛りの時期にしては、意外とすんなり心に入ってきた。たしかに自分と付き合ったことで、交際相手の女性が得られたであろう経験などが失われるのは良くないなと純粋に思えた言葉だ。

「ゴキブリはあなた1人で殺しなさい」

深い意味はない。ゴキブリはあなたが殺すのだ。

16

一番めんどくさいのは
真夜中に、飲んでるのか
エモくなったのか
知らないが、急に
「好きです。ごめん、それだけ」
みたいなLINE。

付き合ったあと急に「好き」や「愛してる」を言わなくなる男性……みたいな話はよく見かけると思う。それと同じくらい「知り合って間もないうちから、すぐに『好き』といってくる男性」もだいぶ問題だなと感じる。

この見た目になるまでは、男性にアプローチをかけられる女性側の経験というのが特になかったので気付かなかったのだが、１回会っただけで「俺〇〇ちゃんのこと好きだわー」とか「〇〇ちゃんに惚れちゃったかも」みたいなことを言う男件のなんと多いことか。

アプローチする側である男性からそういう意思表示をする場合が多いということを差し引いても、本当に同じ男性の僕ですら「え、この短い時間の間で、どこに好きになる要素があったんだ……」と思うことが多々ある。

一番めんどくさいのは真夜中に、飲んでるのか、エモくなったのか知らないが、急に「好きです。ごめん、それだけ」みたいなわけのわからないＬＩＮＥが来ることだ。某元有名芸能人が啓蒙して広めた「勝手に好きになっていいですか？」という台詞でくるパターンもあるのだが、本当に「ダメですけど？」しかいいようがない。

「だって、嫌いよりかは好かれたほうがいいじゃん。『好き』って言われてイヤな人はいないでしょ」という男性もいるが、それがいるのだ。だって、興味のない人やなんとも思ってない人から一方的に向けられる好意だ。気持ち悪いに決まっているだろう。好きを伝えるタイミングはよく考えよう。

17

「家庭的でどんなときも
旦那を支えてくれる女性」
そんな『理想の女性』って、
いわば
「セックスもできる
お母さん」。

箸休め的に、女性ではなく男性心理も読み解いてみよう。よく男性が掲げる理想の女性像にこんなものがないだろうか。

「家庭的でどんなときも旦那を信じて愛し、支えてくれる女性」

僕はこの理想像というのは結構気持ち悪いと思うのだ。いや、理想は理想だから勝手にしていただいて結構なのだが、もし自分がこんな理想を掲げたらぶん殴って目を覚まさせなければと思う。

だって、この『理想の女性』って、いわば「セックスもできるお母さん」なんだもの。

前の項目に「無条件で人は愛されない」ということを書いたのだが、「なんでもいいよ」、「君は生まれてきてくれただけで生きる価値があるんだよ」なんて言ってくれるのは「まともな両親」くらいのものだ。それだって、自分の子どもでなければ同じように愛していたわけではないだろう。

いってみれば、冒頭の理想の女性像はそれを恋人に求めるようなものなのだ。財産を失おうが、醜く老いさらばえようが、犯罪者になろうがいつでも自分を愛し続けてくれる女性。たぶんそれはやっぱり母親なんだろう。だけど、母親とはセックスができないから、「母親のような女性」を求めているに過ぎない。

社会は僕らの親ではないが、それは恋人や夫婦にとっても同じだ。幻想は捨てて現実を見つめよう。

18

「若い女はオジサンと付き合いたがっている」は40代とか50代の男性を元気づけるための企画みたいなものだ。

書店なんかにいくと、近ごろ「若い女はオジサンと付き合いたがっている」みたいな見出しで特集を組んでる週刊誌をよく見かける。いや、まあ、昔から一定数、年上好きの女性というのはいたわけで、なにも特集にするほどの話題でもないのだが、いってみれば購買層の40代とか50代の男性を元気づけるための企画みたいなものだ。

しかし、じゃあ、年上の男性とお金を出してでも付き合いたい女性がいるかというと、そういうわけではないことは想像がつくかと思う。でも、ホストのように若い男性に貢ぐ女性はある一定数存在する（年上のヒモを飼う女性もいるにはいるだろうが……）。まあ、同じ男性からしても「それくらいの年になったら、ある程度のお金は持っといてよ」という気持ちはあるだろう。

じゃあ、年相応の紳士的な、余裕のある振る舞いが必要になるわけだが、これはもういってしまえば「金」だ。金は本当に必要だ。こんなの女性に限らず、後輩社員を飲みに連れていくときも全部そうだ。いい年こいて若手社員とワリカンにしている上司に誰が「〇〇さん大人で余裕あってかっこいいよな。俺もああなりてー」なんて思われるだろうか。

「金、金、金って。じゃあ、なんだよ。金がないオッサンはデートにも行くなよってことかよ」と思った人もいるだろうか。そうだ、金がないならデートには行くべきではない。貧すれば鈍する。年相応の振る舞いには年相応の金が必要だし、少なくとも年相応くらいにならないと恋愛は難しい。

19

ダメンズにハマってしまう
女性というのがいる。
しかしこれはモテというより
依存だと感じる。

ダメンズにハマってしまう女性というのがいる。ダメンズのダメなパターンには色々あるだろう。お金にだらしないとか、しょっちゅう浮気をするとか、シンプルに優しくないとか。

でも、なぜだかそういう男性と付き合ってる女性に限って、周りからいくら「あんな人やめなよー」といわれても別れなかったりする。だとすれば、モテという観点でいくとダメンズはモテるのかという話になってしまう。

僕が思うに、これはモテというより依存だと感じる。たとえば、アレが近いかもしれない。ギャンブル。賭け事に大金突っ込んだ人が「ここまで来たら負けられない……！」みたいなセリフを聞いたり見たりしたことがないだろうか。アレだ。

基本的に人は、その人との付き合いを「がんばった」と思った分だけ『愛している』と勘違いする。これがなんで勘違いかは別のページで書くとして、ダメンズとの付き合いを維持するにはがんばらなければいけない。だって、２人とも堕落したらそもそもまともな生活が送れないのだから。

厄介なのはそのがんばりがギャンブルにつぎ込むお金のように、「これだけ突っ込んだんだから、この先には何かあるはず。というか、あってもらわないと困る」と思ってしまうこと。まさにギャンブル依存と変わらない。ダメンズがたまに優しくしてくれるのも、負けが込んできたときのすぐ終わる確変のようなものだ。もちろんそれは一時の幻想に過ぎないのだが、いつか醒める夢を人は恋と呼んだりするものだ。

20

「男は必ず浮気をする！」
とか
「オナニーをしない男なんて
いない！」
みたいなのは偏見。

ところで、あなたはなんの病気にかかっているだろうか？　ん？　自分はごくごくまともで病気なんかないって。いやいや、みんななにかしらの病気なのだ。

認知の歪みという言葉があるだろう。本当はそんなことないのに、自分の過去の体験や幼少期の出来事から勝手に「こうなんだ」と決めつけてしまうこと。たとえば「男は必ず浮気をする！」とか「オナニーをしない男なんていない！」みたいなそういうの。だけど、それは自分がそうであるだけで、僕は浮気をしない男もオナニーをしない男も知っている。要するに偏見だ。

で、そう思うのには何かきっかけがあったりする。大体は過去のトラウマだ。たまに女を見下しながら女を求める男を見たりするだろう。キャバ嬢や風俗嬢に説教をする男性客なんてその典型だ。思春期などに女性から受け入れられなかったときに「俺という男を選ばなかったあいつら（女性側）がバカなんだ」と思い込むことで自分の心を守ってきた結果がそれだ。でも、その実本当は女性を求めてるから関わることをやめないし、関わりつつ見下し続ける。これでは一生女性に受け入れられることなどないだろう。世間は君のお母さんじゃないのだ。

また男を過剰に貶《おとし》めるのもなにかの病気だ。「浮気したくない男なんていない！」なんていう男性も、浮気を正当化しようとするあまり逆に男を貶めてしまっている。「男はいつだって少年」「男は理論的、女は感情的」なんてのもあなたが自ら選んで取り込んできた「あなただけのルール」なのだ。

21

必死な人であることが
透けて見えると、
異性どころか周りから
人がいなくなる。

さて、前の項で「みんな病気」という話をしたが、その病気の原因はいったいなんだろうか。端的にいってしまえばそれは「コンプレックス」に他ならない。

たとえば、下ネタをよく話したり、公共の場で露出をしたりする男性は、性器が小さいとかセックスに自信がないなど、なにかしらの性的なコンプレックスを抱えているといわれる。そのコンプレックスを払拭するために「俺はこんな大胆なこともできちゃうんだぜ」というアピールをするわけだ。

なにもこれは男性に限った話ではない。たとえば、幼いころに性的な虐待を受けた女性が、その傷を覆い隠すように色んな男性と関係を持とうとしたりすることもある。それもやはり「性的な虐待を受けた自分は汚い」という自分の中にあるコンプレックスが原因だったりする。

しかし、前でも触れた「風俗で説教をする男性客」も同じ。自分でそれのどこかがおかしいことに実は気付いているのだ。それでセックスができたとしても受け入れられたわけではないし、例にあげた女性のパターンだってそれで本当に傷が癒えるわけもない。

思えば、恋愛や異性を獲得することに必死になる状態というのは、みんながみんな過去に異性で開いた穴を異性で埋めようとしているのかもしれない。しかし、こういう必死さというのはわかる人にはわかってしまうものだ。そして、必死な人であることが透けて見えると、異性どころか周りから人がいなくなる。気を付けよう。

22

男性は、遊びの女性ほど自分のテリトリーに入れさせたがらない。

男は疑り深いなと思う。とある調査結果では、新興宗教に入信する割合は男性より女性のほうが多いそうだ。もちろん新興宗教が全て嘘や詐欺ではないが、例えば勧誘などにおいては、女性のほうが引っ掛かりやすいということなのだろうか。いや、僕は男性が疑り深いだけだと思う。

よく女性から「彼がアタシのこと本気かどうか確かめるにはどうしたらいい？」と聞かれることがある。僕はそのときにいつも「自分語りが多ければ本気だと思うよ」と答えている。

男性は遊びの女性ほど、自分のテリトリーに入れさせたがらない。たとえば、自宅に呼んだり、実家に行ったりとかそういうのだ。たまにガンガン色んな女性を自分の部屋に呼ぶ男性がいるが、大体そういう場合は物をあまり置いていなく、自分のテリトリーという意識が少ない場合が多い。

ところが、一旦その女性に本気になったりすると、途端にウザいくらい自分の話をする。生い立ちから住んでる場所から趣味の話まで。要するに「信用するかどうかは俺が決める」という感じなのだ。

これが無意識なので、一旦そういう傾向に気付くと面白い。今、気になっている女性などに、ついうっかり自分の話をしてしまっていないだろうか？　まあ、自分語り自体が良いか悪いかは別として、あなたはもしかするとあなたが思う以上にその女性に今、本気なのかもしれない。

23

女性というのは
家を出るときに
見た目がキマってないと
落ち込むのだ。

人間の感覚というのはかなり社会性によって形成される部分が大きい。例えば、「男は強いほうがいい」という考えで育ってきた男性は、幼いころはまったく気にしなかった腕力の強さが、大人になってだんだんと気になるようになることだろう。そうしたら、子どものころにいかに力に興味がなくても、腕相撲で負けて悔しがったりしそうではないか。

それは女性の世界でももちろん起こっている。社会はあまりにも女性に美を求め過ぎた。同時にそれをさも男性から寵愛を受ける手段という洗脳も施してきている。だからこそファッション誌には「愛され女子」「男をオトすモテメイク」なんてキャッチコピーが溢れている。そういうものに辟易している女性もいれば、なんの疑いもなしに美を磨き続ける女性もいる。

なにが言いたいかというと、家を出るときに「見た目がキマってないと落ち込む」のだ。ニキビができると、その期間ずっと気がノらなかったりする。お気に入りのピアスを付け忘れただけで、もうデートがお通夜みたいなテンションになる。

これに気付ける男性は自身の容姿にも一定の関心を持っているはずだ。ちょっと良いスーツを着た日には気持ちがビシッとなるような感覚の10倍くらいのもんだと考えればいい。

オシャレしてきた服は褒めるとか、朝の支度は急《せ》かさないとか、こういうところに気付けているかが重要だ。

24

毒舌も行き過ぎれば
失礼になるし、
ブラックジョークも
度を越せば
ただの不謹慎。

女性相手に限らず、全ての人間に対する態度を常に改める必要がある。付き合っているうちに不遜になる男性については前の項目でも書いたが、これは交際相手との閉鎖的な関係性で起こってくる。最初は彼氏面《づら》をするようなつもりでいった横柄な一言が、だんだんとエスカレートして気付けばモラルハラスメントの域に達しているというようなもの。

たとえば、似たような例で「男同士のノリ」を公の場で持ち込むような人もいる。女性を指して「あの女とヤリてー」とかそういうのだ。これが修学旅行の男子部屋でグラビア雑誌を見ながら男同士だけでワイワイと盛り上がるのならわかる。これは男女両方あるし、すこし下品だが楽しいというのも理解できる。だが、たまにそれを「どこでも通じるジョーク」のように勘違いしている人を見かけるとゾッとする。

また、「ハッキリ物をいえる人」と「ただ性格が悪い人」を勘違いしている輩もいる。周りもおそらく最初は「サバサバしてるねー」みたいに囃し立てたのかもしれないが、それが受け入れられると勘違いし始めると悲劇だ。周りが指摘しないことはハッキリいえないという場合だけではない。優しさでもあるのだから。

何事もバランス感覚を欠いてはいけない。前も書いたが、「毒舌」も行き過ぎれば「失礼」になるし、「ブラックジョーク」も度を越せばただの「不謹慎」だ。

親しくなっていくうちにともすれば、はたからみるとおかしな関係になりがちな恋人同士は特に気を付けたい。

25

セクハラもパワハラも
モラハラも、
根っこは同じ
女性蔑視《べっし》。

「男性は常にナイフ片手に女性に話しかけていると思うべき」というのは、よく書いている話なのだが、これはつまり男性からの女性へのセクハラはパワハラであるということに他ならないのだ。

これは社会的地位の差で起きる職場だけではなく、別に路上のナンパでも成立する。もしかしたら合コンでもそうかもしれない。要するに自分よりも腕力が強い男性からなにかを迫られるということ自体恐怖なのだから、「キスしたらあとで『イヤだった』といわれたが、相手だって抵抗していなかった」は、男性社員が上司から飲み会に誘われて断りきれない様子を「断らなかったんだからあれは同意だな」というのと同じなのだ。

もっといえば、では、どうしてそんなことが起こるのかといえば、要するにモラルを欠いているからであって、そのモラルを欠く根本に女性蔑視が含まれているのだ。なにも女性に対して性的な興味や恋愛感情を持つ男性は女性蔑視をしていないということもない。風俗に行ってるのに風俗嬢に説教をする男性客と同じだ。

よく女性がセクハラする例をあげて「男性のセクハラばかり問題視されるのはおかしい」と嘆く男性がいるが、たしかにそういう例も問題だろう。だが、男性から女性へのセクハラはいってしまえば、パワハラであり、モラハラであるからこそ問題が大きい。男性たちは中々自身の持つ暴力性に気付いていないものだ。自分の中にある女性蔑視的感情に常に気を配っておかねばならない。

26

間違ってしまったときは
考え方ではなく
伝え方のせい
だと思うこと。

職場やら学校やら家庭などで自分の考えを伝えたら「それどういう意味?!」というように、相手や周りに批判されてしまったことはないだろうか？　最近でも韓国のPRODUCE101という公開オーディション番組でタレントのチャン・グンソクがオーディション参加者への質問で「練習生の中で最年長ですね。僕と1歳違いだ」といったことを、他の出演女性たちから「それが鍵なの？」「何の関係があるのよ」「年齢は関係ないわ」と総ツッコミを受けるシーンがネットで話題になった。イケメンタレントで有名なチャン・グンソク様でも女性の批判を受けることがあるのだから『※ただしイケメンに限る』なんてことはないのだ。

彼の真意はわからないが、それについて「俺もオーディションなら年齢聞いちゃうかもなー」なんて思う人はいるかもしれない。それ自体には色んな意味があるだろう。年齢にかける想いがあるのかだとか、何をしてきたのだとか、逆に年少者との違いが見られるのだろうか等々。ただ、それを単に「練習生の中で最年長ですね」と始めてしまうと「だからなんなの？」となってしまうこともあるだろう。

大切なのは考え方ではなく、伝え方なのだ。間違ってしまったときに自分の信じた自分の考えを自分までが否定する必要はない。だが、伝え方を間違ってしまうと、どんなに良い考えも他人から受け入れられなくなってしまう。

自分の意見を言おうとするとき、言葉を尽くすことを怠けてはいけない。相手に伝わる言葉を意識するのが人間関係の鍵なのだ。

27

一方通行の恋愛を「それはそれで楽しい」と思える女性たち。

必ずしも見返りを求めていない恋愛は女性的だなと思う。僕は「ゲイストリップを見ようの会」というイベントを主催しているのだが、これは普段男性の前で脱いでいるゲイのストリッパーを女性たちが見られるようにしたイベントだ。ストリップなのでチップタイムなどもあり、裸の男性たちに３００人くらいの女性たちが熱狂する姿というのはいつ見ても『外』とは真逆の光景だなと感じる。

巷には男性向けの風俗が溢れているが、それに近いようなものが女性たちにはほとんどない。あってホストくらいのものだ。では、ゲイに熱狂する女性たちの心理というのはどのようなものなのだろうか。

似たような事象で思い出すのは知人で『風俗感覚でイケメンエステ』を利用する女友だちの話だ。その店はイケメンが女性客にマッサージをしてくれるのだが、性的なサービスは一切ないというのが売りだ。そこで友人はマッサージを楽しんでいたのだが、あるとき1人の男性スタッフに「よかったらちんぽ挿《い》れましょうか？」といわれたらしい。それで彼女は冷めてしまったそうだ。店員からすると、「こういう店にきてるくらいだから、俺とヤりたいんだろ？」と思ったのだろうが、女性からすると「そういうんじゃないんだよなー」と思ってしまう話。

ゲイに熱狂する女性も同じようなところがある。こちらは相手を性的に見ても、向こうはこちらを性的に見ていない一方通行の関係。それが心地良いと感じるのは、女性独特の感覚なのかもしれない。

28

女性が従属する姿を指して
「かわいい」
と思う男性は情けない。

「男は女に媚《こ》びろ」という気持ちを「かわいげがない」と言い換えている男性をよく見かける。男性の意見に反論したり、男性に庇護されるのを拒否したりすると、「女なのにかわいげがねーな」となる考え方を我々男性は恥ずかしいと思わなければならない。彼女らはただ『1人の人間として振る舞っている』だけなのだ。

だって、じゃあ、こういった女性たちに「かわいげがない」といっている男性たちがいう「かわいげがある」姿を紐解《ひもと》いてみると、男性の意見には「うんうん。すごいですね！　わかります。さすがですね！」となんでも同意する女性や、「私って女なんでなにもできないんですー。助けてくださーい」と常に男性に頼ろうとする女性がかわいいということになってしまう。

要するに「俺たちに媚びてる女はかわいい。そうじゃない女はかわいくない」ということをいっているだけの話なのだ。

こういうことって他にもないだろうか。たとえば、天然キャラみたいなのも天然ってより「ただの世間知らずのバカ」がかわいいと思われている節を感じる。ああいうのを指して「うんうん。女の子はこのくらいがちょうどいいよね。世間知らずのこの子を俺が守ってあげよう」とか思うのだろうか。それこそ女性のことをわかっていない世間知らずのバカっぽい。

なんでもかんでも自分のいうことを聞く無知な人間を集めたがる心理はわからなくもないが、いつしか自分が裸の王様になっていないか考える必要がある。

29

男がいう
「俺はナチュラルな
美人が好き」の「自然」は
「メイクが濃くない」
というだけの意味。

よく「俺はナチュラルな美人が好きなんだよー」という男性がいるだろう。これを聞いていつも「はてな？」となる。なにをもってして『ナチュラル』なのだろうか。

言葉通り捉えるならば「自然な」ということなのだろうが、自然とはどういうことだろう。草木が生い茂るままにボーボーになった状態、これは自然だと思うが美しいかといわれると疑問が残る。これを人間で置き換えるならば、髪の毛はそこらへんのシャンプーで適当に洗い、体毛は剃らずに伸びっぱなし、化粧水も保湿液も塗らない肌、メイクも当然しない。それを指してナチュラルだといっているのであれば、そんなので「美人」が形作られているわけがない。

要するに男たちのいう「自然」というのは「メイクが濃くない」というだけの意味なのだ。ナチュラルメイクなんて言葉があるだろう。見た目は濃くはないけれど、実はしっかりメイクしているものを指す言葉だが、逆に薄いけど濃く見えるメイクというのも当然ある。例えば真っ赤な口紅や、色の濃いブルーのアインシャドーをそのまま塗っただけでは女性からすると「化粧が濃い」とは思わないが、男性からすると化粧が濃いと思う。要するにその過程を知らないからこそ出る言葉なのだが、これが女性からすると「男ってわかってないよねー」の要因になり得る。

ちなみに、知人の女性はホテルに彼氏と行くとき、お風呂場に「メイク落としてくるー」といって、ナチュラルメイクに直してから再登場するらしい。いままで男性にバレたことがないというのだから笑ってしまう。

30

わざと他人を怒らせようとする「試し行動」をする女性もいる。

過去に虐待を受けた女性と付き合っていたことがある。この女性との恋愛は正直いってしんどかった。わざと浮気をしたことを報告してきたり、ことあるごとにこちらを傷付けるような物言いをするのだ。あまりに耐えかねたときは、周りの友人にもよく相談に乗ってもらっていた。

そんなとき、ある知り合いからこんな話を聞かせてもらったのを思い出す。

「『試し行動』ってやつだね。虐待を受けた子の中には、施設などでわざと他人を怒らせようとする子がいる。その理由は『この人も自分をいじめないかな？』という想いからだったり、優しくされるより怒られることに慣れ過ぎて、怒られているほうが安心に思うからということからだったりするんだよ」

育ってきた環境というのは、当然だが人格にも影響を与える。虐待なんてその最たるものだろう。もちろん我々もそういう育ちの影響というのは受けているはずだ。

両親が離婚している家庭の子は結婚願望が薄かったり、父親との仲が悪い子ほど父親に似たタイプを好きになったり。他の項で女性の兄弟構成によって口説き方を変えるという話を冗談ぽく書いたが、ああいうのも実際関係がないとは言い難い。

逆にいえば、恋愛中や口説く途中でもその女性の家庭環境や、育った地域の環境を加味してアプローチを変えるのは非常に有効な手段といえる。

ああ、ちなみに彼女には結局フラれている。フラれたときの言葉はこうだった。

「あなたは私に優しくするから別れたい」

31

仕事関係の異性とは
完全個室より
半個室。

さて、ケースバイケースではあるが、僕は基本的に女性と食事に行くときにそこそこのお店に行く。相当気心の知れた相手でもなければ、少なくとも女性と２人のときに大衆居酒屋やファミレスを選ぶことはない。

——と、書くと、やっぱり料亭や完全個室の会員制のお店なんかを想像するかもしれないが、ある経験から「完全個室」というのは避けるようになった。

やはり知人・友人となると、業界関係者が多い。作家ももちろんいるが、アイドルや女優も数多くいる。そういう人目に触れる仕事をする女性を誘うときは、よく完全個室の場所を選んでいたのだが、あるとき一般人の女の子に「それ、付き合ってもない男性とだと怖いよ」といわれたのだ。

で、あるとき自分がそういう料理店に誘われることがあった。取引先の社長の男性が打ち合わせで気をつかってちょっと高級な料亭に連れていってくれたのだ。それ自体最初は「わーい、タダ飯だー」と喜んでたのだが、いざ社長さんと２人で入ると思いのほか変な緊張感があったのだ。

もちろん、別に社長さんとはそういうことを意識する間柄ではないし、向こうも向こうでそうだったと思う。もしかすると、それがいい緊張感になる場合もあるのかもしれないが、なんだか仕事関係の人に対してそれを意識するのは微妙な気分になった。

社長が悪いわけではもちろんないが、こういうケースもあるので親しくない間は完全個室よりかは半個室くらいが女性に寄り添った選択といえるかもしれない。

32

女性社員と倉庫に行くときは倉庫のドアを開けておこう。

デートならまだしも、密室に２人っきりというのは男性が思う以上に女性は身構えてしまうものだ。例でいえば「上司から、いつも普通に会話をしている女性社員と一緒に倉庫に資料を取りにいくよう頼まれた」みたいなケース。こういうのは上司に断るまでしなくてもいいが、できるだけ倉庫のドアを開けておくなどの配慮をするととても良い。

女性たちも普段から男性を全員性犯罪者だと思っているわけではないし、気心が知れた相手には基本的にそこまで警戒をしていない。しかし、ふとした瞬間に覗くのだ。

「あ、ちょっと男の人怖いかも……」

みたいなのが。たとえば、男性が大きな声をあげたときや、身体に触れられたときなど、この密室の例もその１つといえるだろう。これは実はその女性が実際に過去に性被害に遭ったかどうかは関係なかったりもする。幼少期から「男の人には気を付けなさい」と言われて育ったというだけでも発動する、いわば刷り込みのような抵抗感だ。そんなとき、ただの男友だちだと思っていた人物が、急に何をするかわからない獣のような存在に見えたりする。

女性の日々は大変だ。常に危険と隣り合わせだ。たまに男性で女性に『イヤなら殴ればいいじゃん』みたいに言う人もいるだろう。それ自体が男性特有の考えなのだ。そもそも殴ってなんとかしようという発想が基本的にない。女性にできるだけ恐怖心を抱かせない距離を保つことが仲良くなるめには大切だ。

33

全ての女性が性被害に遭《あ》っている。

「基本的に女性は男性を警戒している」というからには、じゃあ、本当に女性みんなが何らかの性被害を受けたことがあるのかというと……僕はもしかしたら本当に『全女性』が受けたことがあるのではないかと思う。

小学校のころ、とある夏の日HR《ホームルーム》でこんなことがあった。その日先生はHRで神妙な面持ちでこういった。

「えー、本日プールの時間に、フェンスの外からカメラを構えて女子を撮影している男性がいました。声をかけたところ逃げてしまったのですが、まだ付近にいるかもしれないので、みんな気を付けるように」

まだそんなに性もよくわかっていない年ごろである。男子は何だそれという顔をしていたが、女子たちは小声で口々にこんなことを話し始めた。「そういえば、私もこの前……」「あー、あの信号のとこでしょ」「見せてくる人もいたよね」と、そう報告しあう女子たちをみて子ども心に「え、なに、女子ってそんなことになってるの？」と思った。

いまの見た目になって思うが、飲み屋街を歩いていてナンパのノリで胸を強引に掴まれたりすると思う。「あー、こういうのも1つだな」と。もしかしたら、それは口説く過程で行われるのかもしれないし、幼少期の大人からの性的な視線なのかもしれないし、痴漢なのかもしれない。大小様々なものを合わせると、やはり性被害を受けたことのない女性なんていないのではないかと僕は思うのだ。

34

セクハラして
かわいく叱《しか》ってもらおう
とする男性。
失礼ボケはただの失礼。

作家の大泉りかさんが以前ＳＮＳでこんなことを書いていた。

「職場でセクハラをする男性って、セクハラすること自体に目的があるんじゃなくて『セクハラしてかわいく叱ってもらう』までが目的なのでは？」

あー、これはたしかにと思った。セクハラに限らず、男性上司が自分のお腹こそだるんだるんのビールっ腹でも女性に「太った？」と聞いたりするのも、あれは別に太ったことを指摘してあげようという善意でも、頭がおかしいのでもなく（いや、もしかしたら頭はおかしいのかもしれないが）、いわゆる「ボケ」で言っているのではないだろうか。

なんでもかんでも女性を怒らせる方向に話を持ってく男性をいつも疑問に思っていたが、これで全て納得がいく。本人たちは失礼ボケにかわいくツッコミを入れてもらってる気持ちになっているのだ。

たしかに普通の会話というのは、普通に話して普通に言葉が返ってきて終わる。しかし、怒りの会話は相手が本気で反応を示してくれる。彼らはこういう体験をするうちに、「お、なんだか失礼なことを言ったほうが相手の反応がいいぞ。仲良くなってるのかもしれない！」と盛大な勘違いを膨らませていってしまったのだ。

だが、それは小学生男子が女子の髪の毛を引っ張ったり毛虫を見せたりして好きな子に構ってもらおうとするのと同じで、コミュニケーションとは言えない。彼らには早く大人になって欲しいものだ。

35

怒られたら
言い返すのではなく
素直に
「ごめんね」。

基本的に謝るということをしない男性が多いなと感じる。謝ってしまうと情けないだとか、信用がなくなるだとか思うのかもしれないが、こと恋愛において早めに謝っておけばこんなことにはならなかったのにと思うケースがたくさんある。

もちろんなんでもかんでも謝ればいいということではないが、相手の怒りを受け止めたときに言い返すのではなく「ごめんね」と一言いえば、相手も冷静になるきっかけになるのだ。

また、同じくらい「ありがとう」を言わない男性も見かける。もちろん、なにかをしてもらってお礼を言うという「ありがとう」もあるが、感謝の言葉は否定にも使えるので積極的に使っていってもらいたい。

例えば、相手が善意で「これいる？」と何かを差し出したとする。そのときに必要なければ「いらない」とか「大丈夫」とかいうと思うが、これに「いらないよ、ありがとう」とか「大丈夫、ありがとう」とつけるだけで、だいぶコミュニケーションに奥行きが出るものだ。

よく接客業には女性が向いているというが、あれは女性という生き物が気配りに向いてるとかそういう理由ではない。場の調和を気にする女性が比較的多いというだけの話だ。逆にいえば、女性たちは調和が乱れたときには過敏だ。ぶっきらぼうな物言い、素直に非を認めないなど、そういうピクリとした瞬間に素直に謝罪や感謝を述べられることは男性としても美徳といえる。

36

色んな変人たち。

女性の見た目だと危険な目に遭うとよく書いているが、そんなに変な男ばっかりじゃないだろうと思う方に、僕の会ったことのある変な男性を紹介してみようと思う。

・推定60歳くらいのナンパおじいちゃん

・「オナニー見てくれませんか」おじさん

・ナンパついでに痴漢していく二兎追い男子大学生

・女２人（だと思われた）に「お金も払うし話しかけないので遠くから飲んでる姿を観察させてください」と声をかける百合神おじさん

ナンパやキャッチはよくあることなので、変わったのだけ書き出してみた。ちなみに同じような内容でＳＮＳにつぶやいたら、他の女性からも体験談が届いたのでついでに紹介する。

・突然「踏んでください」とお願いしてくるドＭおじさん

・ベビーカーを押していたら「子供連れでいいから２万でホテル行こ！」と誘ってきた倫理観ゼロ男

・真昼間に「五千円！　五千円！」と言いながら追いかけてくる魚市場おじさん

・ナンパされたので、あしらうために手話で返したら、手話で「ナンパだよ。カラオケ行こ」と返してきた大学生

最後のは一見、ナンパなのにレベル高めに見えるが、だったらなぜカラオケに誘ったのかが不思議なエピソードだ。

37

男性も女性も人気がある枠をみんなで奪い合おうとするモテの不思議。

どうして彼女がいるときほど、女性から声がかかるようになるのだろう。僕は少なくともそんな経験を人生で10回くらいは体験している。

逆に恋人が欲しい欲しいと躍起になって、色んな女の子に声をかけたり、デートに行ったり、告白したりしてるときほどうまくいかない。

これは生物のバグだなと感じる。みんな均等にパートナーを1対1で分け合えばいいのに、どうしてか男性も女性も人気がある枠をみんなで奪い合おうとする。

そういえば、生物学的に「年配の男性好きの女性」というのは理に適っているという説を聞いたことがある。いま若くて優秀な雄でもずっと生き永らえるかはわからないが、すでに年老いた雄はそれがそのままその年まで生きてこられたという証明になるため、優秀な遺伝子という意味で女性から人気が出るのは当然というようなものが理由だった。

そういう意味では既婚者の年上なんて、その最たるものかもしれない。なんてたって、すでに1人の女性に生涯の伴侶として選ばれているのだから。

ちなみに、僕の友人でこの致命的な生物のバグを利用してモテようとした男がいる。自分自身で彼女がいると思い込んで生活することで、女性に彼女持ちの優秀な雄だと認識させてモテようとしたのだ。毎回どんな女の子に番号を聞かれても

「いやー、嬉しいけど、彼女に怒られちゃうからな」

と、爽やかに返し続けた結果、今も彼女はいない。

38

実際僕が男と付き合わない理由。

もっと男性は、自分がつまらないことを認識したほうがいい。僕は男女両方と恋愛ができるいわゆるバイセクシャルだ。ホントいうともうちょっと細かい分類があるにはあって、男女だけでなくそれ以外の性の人とも付き合えるのでパンセクシャルという表現もできる。

そんな僕だが、実際付き合ったのは女性しかいない。あ、セックスは色んな人としてきたので男性も女性も経験がある。あと、デートとかも。そこまでいって、じゃあ、付き合う相手にどうして「男性」を選ばないのかというと、つまらないからだ。

そりゃそうだろう。遊びに行っても髪型を変えたことにも気付かないし、何時間もかけて選んだ服を褒めてくれることもない。自分だけサクサク前を歩いたりして、結局全部ワリカンのわりに最後ホテルにだけは誘ってくる……男性といてなにが楽しいのかわからない。

いや、わかる。僕が出会ってきた男がそうだっただけかもしれない。だが、じゃあ、同じことを女性にされたかというと、食事代を僕が払うという部分以外でなにかしらで「あー、全然気づかってくれないなー」と思ったことがない。

そう考えると、エスコートが一番上手いのはモテる男とかモテない男とかではなく、女性たちなのかもしれないなといつも思う。高いヒールを気づかうのも、髪型や服を褒めてくれるのも、空気を読んでくれるのもいつも女性だ。我々男性は男性であることを、女性にこそ学ぶべき部分が多いのかもしれない。

COLUMN 1

LGBTの人との接し方

性別というものは不思議だ。

さて、箸休めとしてこの本にもコラムのようなページを設けようと思うのだが、僕の生い立ちや経歴なんてものはウィキペディアで検索してもらうことにして、もう少し本質的なことに踏み込もう。

あなたは自分の性別を疑ったことはあるだろうか。あなたが男性だとして、多くの方は普段男物の服を着たりするのだろうと思うのだが、それはどうしてだろう。

「そんなの当たり前じゃないか。だって俺は男だから男物を着るんだ」と、多くの人はいうと思う。しかし、本当にそうだろうか。生まれたばかりの赤ん坊は「男物」「女物」なんて概念を持ち合わせていない。誰にも教わらず育ったとしたら、男の子だって永遠にクマのぬいぐるみで遊ぶかもしれないし、女の子だってヒーロー戦隊になりたがるかもしれない。

だが、いつしか我々はごく当たり前のように性別というものを疑いもせず受け入れて、その枠組みの中に納まろうとする。これはなんだろう。SF物で管理社会を当たり前に受け入れる人々に似た薄気味悪さに思える。

しかし、往々にしてそういうことってあるのではないだろうか。「高校くらいは出て当たり前だよな」とか「お兄ちゃんになったんだからもうアニメは卒業だね」とかそんな感じ。

要するに自分で選べることが大切なのだ。選ばされるのではなく。

よく僕は「ストレートなの？　ゲイなの？　バイなの？　それともニューハーフなの？」と聞かれるたびに、こう答えるようにしている。「好きなものを着て、好きな人に好きっていってるだけだよ」と。だが、これはみんながみんなやっていることとなんら変わりないのだ。だって、たとえばあなたに奥さんや彼女がいたとして、その人を好きになった理由を「だって、女性だから」と答えるのだろうか？　そうなってしまうと、女性なら誰でもいいことになってしまう。そうではないだろう。その人だから好きになったのではないだろうか。

本来服装選びもそうでなければいけないのだ。制服でもない限り（個人的にはそこも否定したいが）「男だから男物を着る・女だから女物を着る」は間違いだ。「良いと思ったものを着る」のが正しい。

ではなぜ、我々はそういう選択の自由を捨てて、なにかの枠組みに捉われようとするのだろうか。それは楽だからだ。我々は普段から生きる以上、何らかの選択をし続けなければいけない。明日はなにを食べよう、将来なんの仕事に就こう、勉強をしようかサボろうか……そんな日々の生活の中で「ここではこうしなさい」と誰かに決めてもらうことはとても楽で簡単なことだ。思い入れのない事柄については特に。

だけど、本当に？　本当にそれについて思い入れがなかったのだろうか？　僕はときどき不安になることがある。自分の中でも知らないうちに自分というものを作らされてきたのではないか、と。

女性のような格好で暮らしていると、よく「やっぱり小さいときは女の子とばっかり一緒にいたり、お人形遊びが好きだったりしたの？」と聞かれることがあるのだが、それにはいつも「いいえ、元々よくいる男の子と同じように虫取りをしたり、泥んこ遊びが好きな子どもでしたよ」と答える。

しかし、たまに記憶の片隅に大事にしていたぬいぐるみがチラつくときがある。それと同時に両親の「あらあら、とってもかわいいわね。でも、もう少し大きくなったらぬいぐるみは卒業ね」という言葉も聞こえてくるのだ。

果たして、本当に僕は『よくいる男の子』だったのだろうか。とはいっても、いまさら僕の本当の人格なんてものはわからないし、そのままぬいぐるみで遊び続けていた未来を見るなんてこともできはしない。それこそＳＦの世界じゃあるまいし。

なにがいいたいのかというと、僕らは普段から「選ぶのを放棄している」ということもあるし、自分で選んでいるように思える人も実は「選ばされている」ということがあるということだ。

そこを蒸し返して、みなさんに不安の種を撒く必要もない。ただ、「当たり前を疑う」ということをいまから始めてみることをオススメしたい。この「当たり前」という感覚は非常によろしくない。いってしまえば「当たり前」こそが、偏見を作り、差別を作り、他人への理解を阻害する元凶なのだ。

なにもこれはＬＧＢＴに限ったことではない。この本で女性へのセクハラについて触れたものがあるが、そこにも『女性の幸せは結婚・出産みたいな決めつけをやめよう』というようなことを書いた。ただ、それを当たり前に思ってしまっている人は、ついついうっかり女性と対面したときに「やっぱり将来は結婚したり子ども産んだりしたいんでしょ？」なんてことを言ってしまう。あなたの常識は世間の非常識かもしれないのだ。

よく一般の方から「ＬＧＢＴの人とどう接したらいいかわからない」と尋

ねられることがある。なんてことはない。普通に接すればいいのだ。過度に距離を置いて話す必要もないし、かといって初対面で恋愛面やセックスの話などをしていいわけでもない。それは一般的な会話のマナーとしてそうだろう。

しかし、そもそもＬＧＢＴに限らず、失礼で無神経なことをいう人というのは、ストレートの人たちと話していても結局さきほどの女性に対する結婚の話題のように失礼なことをいってるものなのだ。そういうと、また

「だって、一般的に女性は結婚や出産をするものでしょ？」

と返ってきたりする。それはあなたの中でそうなだけであって、どこの『一般』なのだという話だ。「ゲイは男と見たら見境なく欲情する」とか「女は髪の毛を伸ばすもの」とかそういう枠組みで他人と会話をするのは、「君はメガネをかけてるから頭がいいんだね」と論じるくらい稚拙で愚かだ。だって、あなたがいま話しているのは「その人」であって、「メガネ」ではないのだから。

第2章

初めてのデートで
「この人ないな」
と思われないための
女性の褒《ほ》め方。

39

女性が初デートのとき
1番初めに
「この人ないな」
と思う瞬間は
歩幅の合わなさである。

「この人ないな」と思う瞬間は男女ともに様々あるのだが、初デートのとき１番初めにすぐわかる「この人ないな」をご存知だろうか。

それは歩くスピード、歩幅の合わなさである。

女の子とのデートの際に前を歩いていて、振り返ったらはるか後ろ遠くに彼女がいた。なーんて経験がある男性は要注意だ。これはかなり女の子の気持ちを冷めさせている。

そうならないためにも、これからはまず最初に女の子と待ち合わせ場所で合流した際は「靴を見る」クセをつけよう。ヒールが高くないか、脱ぎにくい靴ではないか。そこに注目しておくと、歩く速度だけでなく入るお店がお座敷のように靴を脱がなければいけない店ではないかなどにも注意できる。予約をあらかじめする際は、とりあえず最初は靴を脱ぐ店を避けておくといいだろう。

しかし、なぜ歩幅が合わないことがこんなにも「この人ないな」に繋がるのだろう。それは、あなたが女性側の立場で１度想像してみて欲しい。初デートでかわいくオシャレをして選んだヒールの靴。歩き辛いのを我慢しながら必死で前を歩く彼を追いかけるあなた。だけど、彼はそんな必死なあなたの姿にも気付かず、どんどん前に行ってしまう……。

なんだか「ああ、きっと付き合ったり、結婚しても彼は私が辛いときにも気付かずに、こんな風に自分のことだけを考えて歩いていくんだろうな……」そんな未来を想像してしまうのだ。デートはアピールの場。幸せな未来を想像させるようなデートを心掛けるように振舞うといいだろう。

40

恋愛はポジションゲーム。
女性でいたい女性のときは
貴方自身がその人を「女性」
でいさせてあげよう。

恋愛というのはポジションゲームだ。この性の多様化が進んだ世の中で、ファッション雑誌の恋愛特集や、恋愛教則本ではいまだに「男」「女」が語られる。「男の子に愛される女子のモテ髪特集」なんて、さも「女は男に愛されてなんぼ」という古臭い価値観の見出しに辟易する女性もいることだろう。

しかし、そんな彼女らも「女性に見られたい男性」と出会ったとき、普段履かないスカートを履いてみたり、慣れないヒールに挑戦したりする。それは相手が「男性」だからだ。

こんな生き方をしてる自分だからこそ思うのだが、性別というのはあると思えばあるし、ないと思えばない。この世に厳密に男女という性を分けられるものは存在しない。性器の形だってみんながみんな同じではないし、男女どちらともいえない染色体の人間だって存在する。しかし、一般的にそうとされる特徴を身に纏うことで「性別はある」と主張することはできる。髪の毛が短い・スカートを履いている・化粧をしている……。そういうポジションを演じることは、面倒なときもあり、楽しいときもある。

特に恋愛ではそのポジションがキッチリはまると楽しい。男女に限らず同性でも「攻め・受け」「守る・守られる」「奢る・奢られる」「男・女」そういうロールプレイングだと思えば、自ずと恋愛でやるべきことが見えてくる。

とはいえ、性の多様性が認知されはじめた時代だ。恋愛においても、女性扱いをされたくない女性というのはいる。そこはよく見極めて、女性でいたい女性のときは貴方自身がその人を「女性」でいさせてあげられるよう努めよう。

41

モテテク特集を信じた好きでもない男からの「頭ポンポン」は殺意しか湧《わ》かない。

ファッションに興味を持ちだす高校生くらいのころ、よくファッション誌には「恋愛特集！　女の子は男のこんな仕草が好き」みたいなコーナーがよくあった。たとえば「物を取るときに見える腕の血管」とか「ふいに頭をポンポンされる」とかそういうの。

しかし、自分が女性側の立場で男性と接するようになってみて思ったのだが、こんな小手先のモテテクには何の意味もない。むしろ、こういうモテテク特集みたいなのを信じた好きでもない男からの「頭ポンポン」は殺意しか湧かない。

じゃあ、女性が男性に求める真のモテ要素とは何なのか。左に書き出してみた。

①臭くない②最低限身だしなみができている③ちゃんと働いている（学生は除く）④急に大声を出したりしない⑤勝手に身体に触れてこない⑥気をつかえる⑦他人の話がちゃんと聞ける⑧まともに会話ができる

こんなものだろうか。しかし、これ、よく考えて欲しいのだが、わりと社会人としては当たり前のことではないだろうか。あなたが普通に職場にいれば、ここらへんのことはできているはずだろう。だが、これがいざ女性の前になると急にできなくなる男が増える。たとえば上司がいい時計をしていたら「その時計いいですね」と褒めたりするだろう。それが彼女や奥さんの髪型のこととかになると急に褒めなくなる……みたいな。

小手先のテクニックなんかいらないのだ。もしどうしても「壁ドン」や「頭ポンポン」みたいなのがやりたかったら、まず最低限のラインをクリアして惚れさせてからにすべきといえるだろう。

42

「すっぴんのほうがかわいいじゃん！」は褒《ほ》め言葉にならない。褒めるのであれば「すっぴんのほうも」だろう。

ＡＶ女優時代にいわゆる「ぶっかけ物」に出演したことがある。女優が大量の精液を複数の男優から浴びせかけられるのだが、当然撮影後はメイクやヘアセットを全部やり直すことになる。お風呂場から出てきてすっぴんを恥ずかしがる僕に、監督が気付いてこう声をかけた。

「すっぴんのほうがかわいいよ」

言われてみて思ったのだが、気をつかわれたにしろこの言葉は微妙だ。いや、自分も男性の姿でいたころ、彼女とホテルに泊まるときなどに言った覚えがある。「すっぴんを評価する＝彼女の顔立ちが綺麗だと伝える」という考えからくる言葉だが、実際メイクをして普段出かけてる側からすると、「え、あんなに時間かけて自分で綺麗だと思える状態にして外出してるのに、全部無意味ってこと？」という感じに思ってしまうのだ。

男性ならなにがわかりやすいだろう……。ステレオタイプな例えで申し訳ないが、車やバイクを自分好みにカスタマイズしたのに、「元のほうがかっこよくね？」と言われた感じだろうか。車やバイクに興味のない男性なら申し訳ない。

とにかくフォローや褒め言葉として女性に「すっぴんのほうがかわいいじゃん！」というのは微妙だという話だ。あなたのいう『すっぴんより良くないメイクした顔』には、女性たちの膨大な時間と労力がかかっている。

もし仮に褒めるのであれば「すっぴんのほうが」ではない。「すっぴんのほうも」だろう。気を付けていただきたい。

43

フットワークは軽く。
「ちょっと面倒だな」
は恋愛だけでなく、
仕事や友人関係でも
チャンスを逃す。

女性が男性に求めるものとは何だろう。お金を持っているだとか、顔やスタイルがいいだとか、性格が良いだとか色々考えられると思うが、「フットワークの軽さ」を気にしたことはあるだろうか。

出不精の男性は特にこれを考えたほうがいい。例えば、彼女が突然「明日って空いてる？」と聞いてきたときに、「がんばれば行けなくもないけど、その前に仕事があって疲れて帰るだろうし、ちょっと面倒だな」と思って「空いてない」と返す。これは良くない。この「ちょっと面倒だな」は恋愛だけでなく、仕事や友人関係でも様々なチャンスを逃してしまう。

女性が遊園地や水族館などどこか場所の話題を出したときは即答で「じゃあ、一緒に行こうよ」といえるくらいになると、これは非常にモテる男性だといえるだろう。場合によっては、それこそいわゆるイケメン男性より「フットワークの軽い男性」のほうがモテると思うことすらある。

いくら容姿が良くったって彼女に呼び出されて「髪の毛セットしてないからいけない」みたいな男性より、ジャージ姿にボサボサの髪の毛でもすぐ駆け付けてくれる人のほうが素敵だと思える。

そういう男性は、様々な場所に出向くことにも抵抗がないので、色んな交友関係を得たり、色々な話題を持っていたりするので、人間的にも魅力的になっていくこと間違いなしだ。フットワークは軽くいよう。

44

初回のデートは3時間くらいがちょうどいい。

少し前の項に「歩幅の合わない男性」について書いた部分がある。これは物理的な歩みという意味だけでなく、精神的な歩みもあるのだろうなと感じる。

たとえば、一目惚れした場合なんかがわかりやすいだろう。男性の中ではドタイプの女性に出逢えたテンションで、グイグイ迫ってしまうし、最上級のもてなしでデートもしたくなるに違いない。だが、向こうがまだそういう気持ちであなたと付き合いを開始してない場合、「え、どうしてこの人いきなりこんなに私のこと好きになったんだろう」と感じる。あなたのテンションが上がれば上がるほど、相手のテンションは下がってしまう。気持ちの歩幅も合わせてもらいたいのだ。

そこで提唱したいのは初回のデートは「3時間くらいがちょうどいい理論」。ちょっと短すぎるような気がするだろうか？　むしろ、それが狙いだ。

まだお互いのことをよく知らない場合、共通の話題がないだとか、会話のペースが合わない状態で8時間一緒にいることは非常に辛いものがある。時間は短ければ短いほどボロは出ないはずだ。そうすると、大失敗でもない限りは概ねその時間は相手の女性にとっても楽しい時間になるはずだ。「もうちょっと一緒にいてもいいかな？いたいな」と思える相手との3時間は短い。だから、また会いたくなるという寸法。

3時間程度ならよっぽど遅い時間にでも会わない限りは終電もあるだろうし、紳士的で安心感のある男性だというアピールもできる。初回のデートはお互いの歩幅を確かめ合う時間として考えるのが良いだろう。

45

1回の高級なプレゼントより毎回の安価なプレゼントを。

相手について考えた「時間」が「愛」なのだとすると、常に相手のことを想っているのだというアピールは愛情を感じるものだといえるだろう。となると、記念日や誕生日のときにたった1日時間やお金をかけたとしても、日々の積み重ねには勝てないということになる。

そこでオススメしたいのが、毎回会うたびにちょっとしたものを用意するというのが、「君のことを普段から考えているんだよ」というアピールにはもってこいなのだ。

例えば、街中で彼女が普段から好きだといっていたキャラクターのグッズを見かけたとする。大きいものでもないので、値段は数百円程度のものだ。それを買っておいて、次回会ったときにサラっと手渡す。「え？　どうしたの？」という彼女に「いや、好きだっていってたから……」と答えるあなた。

このとき女性が感じる嬉しいポイントは2つある。まず、先ほどから書いている通り「私といないときにも私のこと考えていてくれたんだ」ということと、「この前チラッといった一言をちゃんと覚えていてくれたんだ」ということだ。これは彼女に限らず、女友だちにも使えるテクニックなので、普段から他人との会話には気を配るようにしておくといいだろう。

何度も何度も会話の内容を覚えていなくて、同じ話題を繰り返す男性も多い。やはり、マメであることは大切だ。そのために、可能であればデートのあとに会話の内容を軽くメモなどに残しておくのもいいかもしれない。

46

「絶対に君を幸せにする！」ではなく「2人で幸せになろうよ」。

よく聞くプロポーズのセリフに「絶対に君を幸せにする！」というものがあるが、これは正直女性からすると微妙だ。まず「絶対」という言葉に信用性が低いということが1つ。さらに、もう1つ大きな問題として「幸せにする」という傲慢さがある。どうして男性は「自分さえがんばれば相手は幸せになるはずだ」と決めつけるのだろうか。たしかにまだまだ社会風土として男性がリードをするという感覚はある。しかし、それはあくまでリードであって、全ての決定事項を男性が握っているという話ではない。

じゃあ、一体どんな言葉がプロポーズには向いているのだろうか。これは一例として参考に挙げたいのだが、「釣りバカ日誌」という漫画の主人公、ハマちゃんこと浜崎伝助が妻みち子に送ったプロポーズの言葉だ。

「僕はあなたを幸せにする自信なんかありません。でも、僕が幸せになる自信はあります」

いいのではないだろうか。正直過ぎる感じもするが、それだけに誠実だ。交際のための告白ではなく、プロポーズならば誠実であることは最良といえる。

女性にも相手を幸せにしたいという想いは当然ある。結婚は2人でするもの。これが「2人で幸せになろうよ」的なニュアンスが含まれているとよりいいなと感じる。結婚後も驕ることなく、2人で相談しながら一緒に歩んでいくという姿勢を見せた言葉を選ぶことが大切だろう。

47

結局女は金なんだろ？
とひねくれる前に
「それだけの財を成せる能力」
を磨こう。

婚活という言葉が当たり前のように浸透してきて久しい現在、求める結婚相手に「高収入」を掲げる女性も少なくない。そういう女性たちを指して「結局女は金かよ」という男性をよく見かける。ちなみに、これの亜種に「どうせ『※ただし、イケメンにかぎる』なんだろ」系男子がいたりする。

だが、同じ男性として普通に思うのだが、そういう女性たちが「高収入以外は人間じゃない！」とか「ブサイクは死ね！」と言ったわけでもなく、ただ個人的な願望として高収入な男性や、顔立ちの整った男性を求めることになにか問題でもあるのだろうか？

むしろ、「お金もない」「顔も普通」だとして、どこで選ばれようというのだろうか。性格？　しかし、「女は結局金かよ！」なんていう男性が性格が良いとはとても思えない。

お金はいわば、「能力の可視化」だ。だって、そうだろう。高収入な男性を希望したところで、付き合ってる女性に全部貢いでくれるわけではない。だけど、収入の多い男性を素敵だと思う女性が多い背景には、「それだけの財を成せる能力がある」というのが年収からすぐにわかるということにある。原始時代でいえば「狩りが上手い」的なことで、これはごく自然な選択といえるのではないだろうか。

考えてもみれば、生まれも育ちもなく、お金さえあれば愛してくれるなんて、わりと優しい女性といえなくもない。

48

「じゃあ一緒に行こうよ」を条件反射で言ってみよう。

先日喫茶店に入ったときのことだ。隣に若い男女がいて、カップルなのか友人同士なのかはわからないが、会話をしていた。

女性のほうが、スマートフォンでなにかの情報サイトを見せながら、男性にこう伝える。

「ねぇ、この映画すごく話題なんだって」

それに男性はこう答える。

「へぇ、そうなんだ」

思わずガクッとずっこけそうになった。いや、そこは「じゃあ、一緒に見に行こうよ」以外に答えはないだろう、と。基本的に女性が何らかの話題を出した際は「一緒に○○しようよ」がモテる人か、モテない人かの差だ。もちろん、だからといって、会社の上司と部下でやるのは場違いだ。ただプライベートで遊ぶような仲であれば、そこで誘うこと自体は悪い気持ちにはならない。

「この前お気に入りのピアスなくしたんだー」

「じゃあ、一緒に買いに行こうよ」

「最近遊園地とか行ってないなー」

「じゃあ、一緒に遊びに行こうよ」

条件反射のようにこういう会話運びができる人は、様々なチャンスを逃さないで済む。何度でもいうが、フットワークは軽いに越したことはない。

49

付き合うにしろ
セックスをするにしろ
女性の恋愛には
理由が必要だ。

さて、付き合うにしろ、セックスをするにしろ、女性の恋愛には理由が必要だ。これは妊娠などの女性の身体としてのリスクと、女性からなにかを進めるのは少し恥ずかしいという社会的なものとが相まって形成されている考え方だと思う。

たまに例外として肉食女子やスポーツのようにセックスをするような女性もいるのだが、何もなければ女性は恋愛もしないし、セックスもしないと考えたほうがいい。いや、スポーツのようにセックスをする女性でも「男性から誘う」というプロセスがなければなかなかそれも成立しないだろう。

さきほど女性には妊娠などのリスクがあると書いたが、じゃあ、もし仮にあなたが女性だとしてそのリスクを完璧に避けつつ男性を選ぶ方法があるだろうか？　答えはノーだ。どこまでいっても「正しい男性」なんてものは結婚したり妊娠してみるまでわからない。だから、結局のところ勢いで決めてしまう瞬間が出てくる。そこで「理由」が必要になるというわけだ。

例えば、セックスをするにも終電を逃してしまったとかそういうのだ。そして、セックスをしたら女性は「これって付き合うんだよね？」という確認をとったりする。それは男性への確認とともに自分への理由付けでもある。「私はアバズレではなくて、ちゃんとこの人と付き合うからセックスをしたんだ」みたいなこと。

恋愛において男性はアプローチをするのに一歩を踏み出す必要があるが、同時に女性にも一歩を踏み出す理由を与える必要があるのだ。かといって『強引に』は禁物。

50

たまには無邪気さという武器を使うのもアリ。

無神経であることとわりとセットになってしまうことが多いので、基本的に色んな面で女性には気を配っては欲しいのだが、たまに無邪気さという武器を使うのもアリだろう。

恋愛においてこんな間違いをしている男性がいる。デートでもセックスでもその場のテンションを「楽しい？」「気持ちいい？」「幸せ？」と聞いてくる男性だ。じゃあ、仮にデートで楽しくないときに「楽しくない」とか、セックスで気持ち良くないときに「気持ち良くない」なんてそうそういえるわけないのだから、そんなことは察してくれという話なのだ。こっちはサイン出してんだよ、と。

それならばむしろ、「俺めっちゃいま楽しい！」とか「すっごい気持ちいい！」といわれるほうが、たとえ自分がそんなにでも「まぁ、こんなに喜んでくれてるんだし、いいか……」と思えたりする。

ああ、もちろんこれは相手があなたのことを好きな場合であって、もう関係が終わりかけてるカップルとか、まだ付き合ってもないデート時とかに使えるものではないので勘違いしないように。むしろ、そういうときの無邪気さは、さっき書いた「無神経」のほうになってしまう。

要するにこれもバランス感覚や距離感の問題という話なのだが、それがわかってきたところにこの無邪気さの武器も身に付けたら、わりと男性としては最強な気がする。手持ちのカードとして持っておくのはいいだろう。

51

バーで飲んでる客の中にも「わかってる客」と「わかってない客」がいる。

18歳のころ、浪人をしながらバーで働いていたことがある。いまでこそ当たり前のようにバーに飲みに行ったりするのだが、そういえば、こうやって働いていたりしなければ、初めてバーに行くときはどんな風になっていただろうと思う。

とはいえ、個人的には働いておいて良かったという印象が強い。バーで飲んでる客の中にも「わかってる客」と「わかってない客」がいる。立ち居振る舞いができてないと、女性従業員なら普通にダサいなと感じるだろうし、たとえ一般の女性客でも「なんかこの人飲み方が汚いな」と思うことだろう。これではモテない。

さて、では僕がバーテンダー時代に先輩から教わった、かっこいいバーの飲み方を横に箇条書きにしてみた。

①一杯で長居しない②飲めないなら従業員に奢る③泥酔するまで飲まない④金がないなら飲みに行かない

以上だ。①と②は日本はチャージ（席料）が発生する店が多いが、だからといって何時間も粘っていいというわけではない。少なくとも1時間に一杯くらいは頼むよう心がけよう。飲めないなら店員さんに「一杯どうぞ」と声をかければいいのだ。たまに酔ってバーカウンターに突っ伏して寝てる客もいるが、③なんかも非常に迷惑だしかっこわるいのでやめよう。

結局のところ④に尽きるという話だ。お酒は嗜好品。お金があるときに楽しむものとして捉えよう。

52

完璧な男よりも「なんだか憎めない男」を目指そう。

かっこいい男とかわいい男だとどちらがモテるのかという話。顔ではなく、性格のことなのだが……。たとえば、仕事ができて、スポーツもできて、金払いは良くて……みたいなのはスマートだし、かっこいいと思うことだろう。それをずっと維持できるなら、もしかするとそれが一番モテるかもしれない。

しかし、人間は完璧ではない。なにかで失敗してしまう瞬間は必ず訪れる。そのときに無理にかっこつけることを続ける必要はない。「あちゃー、やっちゃったよー」と素直に自分の間違いを恥ずかしがったりすることは、むしろ魅力としてプラスに働く。

もちろんこれが毎回失敗続きだと、それはもう愛嬌のある人ではなく、ただのダメな人になってしまうのだが、10回に1回くらいのミスは素直に失敗を認めることが大切だ。というか、そういうミスも受け入れられるところが、むしろ人間の器の大きさともいえる。

キチっとスーツに身を包み、バリバリ仕事をこなしているけど寝ぐせがついていたり、完璧にデートをエスコートしてくれたけど手を繋ぐときに妙にオドオドしてしまったり。そういうのはただかっこいいだけの男より魅力的だ。

完璧過ぎる人といると、周りは案外疲れるものだ。それが職場ならまだしも、恋人としてずっと一緒にいると考えると、めんどくさそうだししんどそうに思えるだろう。そして、我々はそれが維持できないのも知っている。「なんだか憎めない」という愛嬌を身に付けたら最強だ。

53

女は見抜いている。
あなたの「絶対〜」が
絶対ではないことを。

この世の中に『絶対』というものを信じている人はいるだろうか。基本的に我々はそんなものがないことを知っている。

しかし、その一方でこんな言葉を安易に使う男性も多い。

「絶対に君を幸せにする」

不思議に思わないだろうか。普段その存在を疑っているはずの『絶対』という言葉を、プロポーズや告白の場面ではやたらと使いたがる男性が多い。あえて使用することで、その自信をアピールしようとしているのだろうが、案外そこに待ち受ける『絶対』にはならない未来を、女性たちは見通していたりする。

なにも告白の言葉でベストなものを提示しようというのではない。それは各々が考えればいいことだ。しかし、この『絶対』というのはなにかの信憑性を主張する際にあまり有効とは言い難い。

思えば、女性というのはいつか終わりがくることを知っているような気がする。なんとなく永遠というものを疑っているのだ。たとえばそれはときに「永遠の美」であったり、「永遠の若さ」であったりする。若く美しい時期に色々な人から言い寄られたり、綺麗だといわれるその言葉の裏に終わりを見つめているような。そんな感覚。

だからこそ、若い時分の「君は美しい。永遠に一緒にいよう。絶対に君を幸せにする」という言葉が空々しく響くのかもしれない。「絶対」という言葉は使いどころが難しい。絶対にそう思う。

54

フラッシュモブを
プロポーズに使うのは
男性の自己満足。
女性には
ほとほと受けが悪い。

信用においてもう1つ。フラッシュモブというのが一時期話題になったがご存知だろうか。街中に演者を仕込ませておいて、人々が突然踊りだしたり歌いだしたりしたように見せるパフォーマンスのことだ。これをプロポーズに利用する人もいる。

こういう衆人環視の中でのプロポーズというのは昔からあった。都会の巨大モニターで愛の告白をしたり、遊園地でみんなの前で跪いて指輪を渡したり……。はたから見ているとさぞかし素敵なプロポーズだと思うだろうが、これがほとほと女性ウケが悪い。その大きな理由が「断りにくいじゃん」というものだ。

どうも男性というのは「プロポーズする」という行為は、そのままオーケーされる未来しか見えてないような感を受ける。でなければ、女性らの指摘通り、断られるパターンを想定していたらそんなことはできないはずだろう。

これは前の項目で書いた「男性の疑り深さ」のさらなる問題だ。それは『俺がこういったらこう！』という真っすぐ過ぎる過信に繋がるということ。男性は相手を信用するのに時間がかかる。しかし、一旦信じたらもう間違いなくそうだという幻想から逃れられなくなる。

自分がそう思っているからといって、相手もそうだとは限らないのだ。確かに人は自分の経験をもとにしか物事を理解できない。しかし、だからといって相手もそうだというのはあまりにも押しつけがましい。常に自分がやってることが相手にとってどうなのかを考えるようにしよう。

55

家族構成に
女性の口説き方が
見えてくる。

女性を口説くときに家族構成を気にしたことはあるだろうか？　初対面や数回会った中だと相手の望む距離感がわからなかったりすると思うが、まあ、血液型診断くらいの気持ちで接し方の方向性として捉えてみるのもいいかと思う。

【長女の口説き方】長女は幼少期から「お姉ちゃんなんだから我慢しなさい」というように我慢させられることが多い。そのため、口説くときはデロンデロンに甘えさせると良い。

【次女の口説き方】次女は最年長と最年少を取り持つ役割が多く、自分中心での会話ができなく、本心を出せないでいることが多い。そのため、口説くときはデロンデロンに甘えさせると良い。

【末っ子の口説き方】末っ子は甘えるのが上手い。そのため、口説くときはデロンデロンに甘えさせると良い。

【一人っ子】一人っ子は寂しがり屋。そのため、口説くときはデロンデロンに甘えさせると良い。

このように、各女性たちの家族構成から特徴を推察して色々な口説き方をすることが可能だ。しかし、長女や次女、または末っ子、もしくは一人っ子の場合のみ、甘えさせるだけではなく、たまに「君を頼りにしているよ」というアピールをすることで、「この人には私が必要なんだ」という母性を感じさせることも有効だ。女性はみな同じではない。それぞれの口説き方を身に付けよう。

56

付き合う予定のない
男性とのセックス。
それで減るのは
自尊心。

「いいじゃん。付き合わなくてもセフレで。減るもんじゃないし」

こういうのはなんというか男性にありがちだなと思う。いや、貞操観念のしっかりした男性もいるのだろうが、根本的にセックスのハードルは男性のほうが低い。巷に女性用風俗ではなく、男性用風俗が溢れているのもそうだろう。男の貞操なんてものは男自体が否定してしまっているのだ。

しかし、付き合う予定のない男性とセックスをしていて思うのだが、終わったあとに恋人とセックスをしたときにはない喪失感があるなと感じる。なにかが減ってる気がするのだ。

思うにそれは自尊心なんだと思う。自分を価値あるものとして自分自身で大事にする心というのがガンガンに削られるのだ。自分を選んでくれない男性とするセックスというのは。恋人とのセックスではむしろ満ち足りたものがあるのに対して、そういうセックスはむしろヤレばヤルほど満たされない想いでいっぱいになる。

あ、ちなみにこれは自分が一方的に相手のことが好きで付き合ってもいいと思っているのに、相手のほうはセフレの関係しか求めていないときに限る。セフレという関係でも全然満足する女性が一部いる。

それはスポーツ感覚でセックスをする女性だ。この場合は本人も我々凡人らとは別次元でセフレとのセックスを捉えているので、純粋にセックスをして普通に満足できる。正直1番男女両方にとってメリットしかない相手だ。尊敬する。

57

うまい男は誘うとき「今度」なんて言葉は使わない。

ここまでのおさらいのようになってしまうが、デートの日程の決め方を考えてみよう。女性をデートに誘ってもなかなか実行には至らないという人は、基本的なことを押さえる必要がある。ダメな誘い方のケースでいえばこんなの。

「〇〇に行こうよ。今度空いてる日があれば教えて」

こういう誘い方をしているようじゃ一生デートはできないだろう。空いてる日なんかないのだ。君の前では。正解はこう。

「〇〇に行こうよ。〇日と△日だったらどっちがいい？」

後者は具体的な日程をあげているのがわかる。〇と△の中に入る日にちは近い日程のほうがいい。フットワークの軽い男というのは「今度」なんて言葉は使わないのだ。

加えてもうどちらかには行くことが決定している雰囲気なのもいい。基本的に女性は理由を求めている。多少「断りにくいし……」という罪悪感を利用するのもいい。というか、そうじゃなきゃ特に理由もなく遊びになんて行かないのだから。

ただ、前者でもＯＫがもらえる場合がある。それはぶっちゃけ「すでにすこしその男性に好意がある場合」だ。それなら、放っておいても「ねぇ、そういえば、前行ってたとこなんだけど、〇日なら行けるかも……」みたいに女性のほうから誘いがくる。だが、こんな本を読んでる貴殿はこれにあてはまるだろうか？　あてはまらないだろう。ならば、もう向こうの慈悲を乞うしかない。なに、多少罪悪感で来てくれたとしても当日しっかり楽しませればいいのだ。

58

優秀な営業マンは
売ろうと思えば石ころでも
売ることができる。
女性を口説くことも
うまくなって当然だ。

もう10年以上前だが、営業会社にいたことがある。業界ではちょっとは名の知れたブラック企業だ（自慢にすることではない）。もう今ではさすがにできないだろうが、昔は電話営業をかける社員の後ろを上司が竹刀を持って回ったりしていた。

正社員で出向していた会社が潰れてしまって、そこを辞めたあとも派遣社員として個人・法人を問わず数年営業の仕事は続けたのだが、どこの営業所でも言われることがある。営業マンはモテる、と。

いわゆるすでに取引のある会社をまわるルート営業と違い、新規開拓はまず相手が自分たちの商品に興味がないというところから始まる。忙しい業務を邪魔しにくる営業マンというのは嫌われている。

ナンパや女性を口説くときも同じだろう。初めから向こうに惚れてる場合を除いて、女性たちは興味のない男たちから毎日のように言い寄られる。大体が迷惑なのだ。そこを飛び込んでいって「僕はどうでしょうか？　いい商品ですよ」と売り込むのだ。

当然たくさん売り上げようと思ったら、たくさんの企業にアポを取り、たくさんの人と出会って、たくさん商品知識と顧客心理を勉強して、たくさん断られる経験を積まなければならない。

優秀な営業マンは商品を選ばない。売ろうと思えばその辺の石ころでも売ることができる。つまり、女性を口説くこともうまくなって当然だ。営業テクニックはモテるテクニックといっても過言ではない。

59

たくさんの女性と遊びたいならクレーム対応を怠《おこた》るべからず。

さて、営業話の続きだ。優秀な営業マンはクレームが多い。これは矛盾しているように見えるが、本当にそうなのだ。よく営業の研修でこんなことを教わる。どんな営業マンでも買ってくれる客が10％いたとして、絶対に買わない客が10％。では、残りの80％はなにかというと、「どちらでもいい。興味がない」という客だ。

そして、この80％は程度によって買う寄り・買わない寄りとグラデーションになっている。このグラデーションの80％の層をどれくらい買う客にできるかが営業マンの腕ということだ。当然優秀な営業マンはだいぶ買わない寄りの客まで契約につなげてしまう。

そうすると、元々買わない寄りだった客だけに、少々トラブルがあるとすぐにクレームに繋がったり、数日して「やっぱりちょっと……」という契約破棄の電話が来たりする。そこで、できるだけ契約を続けてもらえるように、クレーム対応の部署があったりするわけだが、女性相手の場合そのクレーム処理はあなた自身がしなければならない。

正直何人もの女性と付き合いたいという男性を見ると、毎回その覚悟があって発言しているのかと思う。もちろんクレーム処理をせずに、その場その場ヤるだけヤって女性を傷付けて遊びまわるのはご法度だ。そんな営業マンは営業ではなく詐欺師だ。

たくさんの女性と遊びたいということは、たくさんの顧客を付けるのと同じことだ。それだけ面倒も起きると考えたほうがいい。

60

トラブルは
マイナスだけではない。
それを乗り越えたいと
思わせることに
恋愛の力ギが眠っている。

結局のところいってしまえば口説くという行為は洗脳に近い。たとえば、デートのときにプレゼントを渡す、食事を奢るという行動などはいってしまえば「僕はあなたのことをこんなに考えてますよ。僕と付き合ったら幸せになれますよ」というアピールだといえる。

ここで勘違いしている人が多いのだが、「ということは優しくすればするだけモテるということか」というとそうではない。カルト教団やマルチ商法などの洗脳風景みたいなものをニュースやなにかで見たことはあるだろうか。彼らは最初こそ優しい言葉や甘い言葉で人を集めるが、入ったあとには厳しい戒律やルールを与える。しかし、不思議と人々がそれに従ってしまうのはなぜだろう。

要するにバランスなのだ。もちろん、かといってなにもあなたは女性を騙すために女性と仲良くなりたいわけではないだろう。なので、別に女性を虐げたり、わざと冷たくする必要はない。

大事なのは越えるべきハードルを常に用意しているか、だ。特に海外旅行なんてとても良い。英語が通じなかったり、道に迷ったり、観光地でぼったくられたり、カードが使えなかったり、海外旅行はどれだけスマートに振る舞おうとしてもトラブルが起きる。そんなとき今度は逆に彼女に助けられたりすることで2人の仲はより深まる。

トラブルはマイナスだけではない。問題を用意して、女性がそれを自ら乗り越えたいと思わせることに恋愛のカギが眠っている。

61

ダメな営業マンほど
永遠に買ってくれない
客に営業をかける。
その間に数十人の顧客に
出会えたかもしれない。

さて、恋愛と営業は似ているという話で大事なことを書き忘れていた。「優秀な営業マンほど見切りをつけるのも早い」ということだ。これは本当に大事だ。

誰が勧めても買う10％の客と、誰が勧めても買わない10％の客、そして興味のない80％。この80％にどれだけ買わせるかが営業マンの腕であると前に書いたが、そんな優秀な営業マンでも絶対に買わない10％の客に出会うことはある。

面倒なことにそういう買わない客の中には、なるだけ話を長引かせた上で断るやつもいる。「うーん、どうしよっかなぁ……ふーん、そんな機能もあるんだぁー。でも、今回はいいや」みたいな感じ。どうしようもこうしようもない。彼らの中では始めから買わないことなんて決まっているのだ。そんな客に出会ったとき、優秀な営業マンは一瞬で商談を切り上げる。

ダメな営業マンほど「あ、この人迷ってる。買ってくれるのかも」と変な期待をして永遠に買ってくれない客に営業をかけるのだ。その間に出会えたかもしれない数十人の顧客を捨てて。

恋愛でもそうだ。本当に好きな女性は諦めきれない。「だって、1回は遊びに行ってくれたし……」なんて思ってしまう。しかし、見切りをつけることは大切だ。あなたはその可能性だけで終わる人間ではないのだから。

そして、意外とこっちがあっさり話を切り上げると「あ、いや、ちょっと待って買う買う……」となったりする客もいるのだから、人間はわからないものだ。

62

美人にこそ「君って面白《おもしろ》いね」が有効。

かわいい子や美人に出会ったとき、普段「かわいいね」とか「綺麗だね」と言えない男性も思わずそう口にするのではないだろうか。女性との会話の中で相手を褒めるワードが入ること自体はとても良い。だが、やはりこれはただ顔立ちが整っていることを褒めるのでは浅い。

「女性を褒めるときはセンスを褒める」というのは以前にも書いたことだが、これはセクハラにならないために心がける基礎の基礎のようなもの。いわば正拳突きの型とかでもない、「構え」くらいの話だ。ここからモテるためには、多少攻める必要があるわけだ。

たとえば、そこでデートまでいけたとして、結局のところ美人だからと顔を褒めるのは構えを崩して素人パンチを繰り出すようなもの。大体美人やかわいい子はそんなこと百万回いわれてるし、いった時点で「あー、こいつも外見しか見てないのか」と思われるだけだ。

そこでキーワードになるのが「面白いね」などのワードだ。これはいわゆる興味深いというニュアンスも含めた上で、君の中身に興味があるんだよというメッセージが強まる。「変わってるね」も言い方次第ではありだが、バカにされてる感を強めないように「面白いね」辺りをチョイスするのがより無難だろう。

かわいい子はそりゃかわいいし、美人は綺麗だ。だが、そんな１００人が１００人とも思う感想をつぶやいているようではその他大勢の男たちと差を付けられない。

63

外見も内面も
表面をなぞった
安易な褒《ほ》め方は
逆効果を生みやすい。

これはもしかすると男性もそうかもしれない。性格の良い人、人当たりの良い人に対して「○○さんっていい人だよね」ということをいう人は多い。お世辞以外であなたがそういったのなら、その人は本当に良い人なのだろう。

しかし、これは美人と同じで、あなたがいい人だと思った人はおそらく百万回「いい人だね」と言われているはずだ。しかし、これは言われてる側からすると結構辛い。それは、本当にいい人ほど自分のことをいい人だとは思っていないからだ。なんなら、いい人は「いい人だね」と言われるたびに「実はそんなことなくて、自分だって他人のことを悪く思うこともあるし、黒い感情を抱くこともあるし……」と思ったりする。

だが、いい人はそんなことも言わない。「あはは……」と苦笑いするくらいだ。だって、いい人だから。そんな「あー、みんな自分のことわかってくれてないなぁ」という想いがいい人を悩ませ、常にいい人でいなきゃとプレッシャーをかけ始める。

これも結局みんなが抱く感想なんてみんなが思うし、みんなが言っていることなのだ。恋愛対象に入る相手というのはいつも特別ななにかを感じさせる存在だ。なんとなく「この人は他の人とは違う」という気持ちにさせてくれて、この人と一緒にいる未来になにかが待っているような気にさせてくれる存在だ。

外見も内面も表面をなぞった安易な褒め方は意外と逆効果を生みやすい。かといって、変なことをいきなり言えというわけではないが、気になる相手には他人が気付かない良さを見つける努力をしよう。

64

「痴漢やナンパに遭うのは君がかわいいからだよ！」はなんのフォローにもなっていない。

女性から顰蹙《ひんしゅく》を買う考え方というのが色々ある。こういうこととこういうことに気を付ければ大丈夫というようなマニュアル化ができないのが、人間同士の会話の難しいところではあるが、いくつか例をあげて紹介してみよう。

「メイクやオシャレは男のためにするもんでしょ？」

これは他のページでも書いたが、基本的にこの考え方はよくない。モテたいからオシャレをしているという男性に、女性もそうだと思ってこういうことをいう人が多い気がする。自分がそうだからといって、相手もそうだとは限らないのだ。

「痴漢やナンパに遭うのは君がかわいいからだよ！」

性的な迷惑をかけられた女性にフォローのつもりで言っているのかもしれないが、残念ながらなんのフォローにもなっていない。なんなら「え、私に原因があるっているの？」とすら思われかねない。やめよう。

「色んな男に言い寄られるのはモテてるから嬉しいはず」

これも先ほど2つの合わせ技というか、男性ならたとえばハーレム願望みたいなのを持ち出す人もいるかもしれないが、それが女性にも適用されるというのは間違いだ。興味のない人に言い寄られるのは面倒なだけ。

これに限らずだが、恐ろしいのはこういう考えの人は公共の場や職場などでもまるで「そうに違いない」と思って周りに主張するところだ。あなたも偏った考え方を世間に発表して恥ずかしい人になってはいないだろうか。

65

マッチングアプリでつまらないと思われないための会話術。

最近マッチングアプリを利用してパートナーを探す男女も増えた。インターネットが出始めたころは、「出会い系」なんてのはいかがわしい臭いしかしてこなかったものだが、ずいぶんいまはカジュアルにネットで知り合うことに違和感がなくなった。

そんな中、この前マッチングアプリを利用したという女性から話を聞く機会があった。彼女は30歳ＯＬで、マッチングアプリで知り合った男性は33歳だったという。

ＳＮＳなどと同じようにアプリ上で直接メールのやりとりをするような機能があり、そこで人々はやりとりをして会うだの会わないだのの話に発展していくんだそうだ。相手の男性は年上ながらあまり女性経験がなかったのだという。

最初は「純粋そうでいいじゃん」なんて思っていた彼女だったが、だんだんと話をしていくうちに気持ちが冷めていくのを感じたらしい。会話におかしなところなんてない。「趣味はなんですか？」「好きな食べ物はなんですか？」「休日はなにをしていますか？」……会話が途切れないように質問に質問で返す基本的なメールのやりとり。なにも変ではない。それだけに、圧倒的につまらなかったそうだ。

よく「真面目」であることを自分のアピールポイントにする男性がいる。おそらく女性が「浮気をしない男性がいい」とか「遊び人はちょっと……」みたいに聞いて、真面目であることがプラスだと思ったのだろうが、真面目であるということとつまらないということをしばしば混同している男性を見かける。つまらないと思わせない男性でいることも大切だ。

66

ゲイが
女性にモテるのは
女性を性的に
見ていないから。

よくゲイバーに女性が行ったり、ゲイと友だちになりたがる女性がいたり、ゲイだけど女友だちが周りにたくさんいる人というのを見ないだろうか。

「ゲイ」というある種他の人と違った特性を持つという意味で、単純に興味があって近付く女性もいるのかもしれないが、僕は彼らの女性との接し方に女性たちが惹かれるポイントがあるのではないかとよく思うことがある。

1番大きな理由はまず「女性を性的に見ていない」というところが大きいだろう。異性が好きな男女が知り合うと、よく女性は純粋に友だちになろうとしていたのに、すぐに男性が恋愛っ気を出してきて関係が崩れたりするだろう。そういうのに飽き飽きしてきた女性からすると、自分が対象でないのは心地いいのかもしれない。

また、「美醜で女性を判断しない」という部分もいい。これが恋愛対象である男性に対しての美醜ならゲイは非常に興味があるが、女性に対しては顔立ちが整ってようが整っていまいが平等に扱う。見た目だけでチヤホヤされることにうんざりしている美人も、見た目だけで毛嫌いされる顔に自信のない女性も、両方が「いままでの男性たちと違う！」と思って新鮮に喜べる部分だろう。

要するに「ギラついてない」のだ。よくいうだろう、モテようとがんばるほどモテなくなるみたいなこと。彼らが女性と仲良くなろうが、ボディタッチをしようがそこに性のニオイがしないのだ。だから、どんどん心を許せる。異性として見られたいモテとはちょっと違うが、これもやはりモテの1つといえるだろう。

COLUMN 2

僕らはみんな何かの病気だ

いつから僕らは『病気』にかかってしまったのだろう。子どものころは良かった。男の子も女の子も同じように接していれば仲良くなれた。女の子と殴り合いの喧嘩をしても先生からは同じように怒られたし、仮に女の子に負けたからといって「女に負けて情けない」なんてことはなかった。でも、小学校4年生くらいだろうか。ある先生が女の子のお腹を蹴った男子生徒にめちゃくちゃキレた。

「女の子のお腹はね、大切な場所なの?! わかる? あなた男の子でしょ!」

その女の子は男子に蹴られるまで、その男子と同じように殴る蹴るの喧嘩をしていた。いつからか女子は男子を殴ってよくて、男子は女子を殴ってはいけないことになっていた。

また、同じ年ごろのころ、とある男子はやんちゃでいつも女子をからかって遊んでいた。「バカ」だの「ブス」だの言っては女子に「もー！　やめてよー！」と怒られてるのだが、僕は彼を女子と気さくに話せる奴なのかと思っていた。数年後気付いたら、彼にいつも怒っていた女子は別のクラスの優しい優等生とよく遊ぶようになっていた。

彼は通学路でその子と仲良く帰る女の子を見てなんでもないようにこういった。

「なんかさー、女ってめんどくせーよな」

彼は高校生になってもことある毎に、同じ文言をいい続けていた。

いつから僕らは病気になってしまったのだろう。この病気に名前はない。生きる以上、付き合い続けなければいけない細菌みたいなものだ。これが原因で死ぬ人もいるが、生きる以上は感染を避けられない。

22歳くらいのころ派遣バイトでいった会社に藤本という男性がいた。彼は35歳で同じようにバイトで生活をしているそうだった。なぜか彼は会社で女性社員たちに避けられていた。みんな彼に用事があるときは僕を通して声をかける。

僕は彼とすごく仲が良いというわけでもなかったが、違和感もなかったので他の仕事仲間と同じように彼と話していた。あるとき帰りが一緒になって、若くお調子者だった僕は藤本さんをガールズバーに誘ってみた。「いいねぇ」と藤本さんも乗り気だ。

近くにあるガールズバーに入ってお互いに一杯飲む。しばらく女の子と会話していて、僕は「あ、よかったら、お姉さんたちも飲んでください」と声をかけたところ、藤本さんが肩を掴んで止めた。

「いやいやいや、こんなブス2人に酒なんか奢る必要ないよ」

早口に小声で耳打ちしてきた藤本さんに、僕は目を丸くした。

「あ、いや、別にこれは僕の勘定につけてもらっていいですし……」

会計のことを気にしてるのかと思って、そう藤本さんに返す。

「いやいやいやいや、一杯飲ませるとこういう奴らは調子乗るから」

そこまでいわれて、本当に意味がわからなくて返す言葉がなくなった。あ、この人変な人だ。初めて藤本さんをそう思った。

彼は生まれたときからそういう人だったのだろうか。僕は違うと思う。どこかで彼が『こういう奴ら』は『調子に乗る』というイメージを持つなにかがあったはずだ。実際に体験したのかもしれないし、テレビや雑誌で作られた何かなのかもしれない。それは訂正されることなく彼の中で根付き、こうして同僚にまで当たり前のように吹聴する彼の中の「常識」になってしまった。

恋愛はこの常識のぶつかり合いだ。育ってきた環境の違う2人が互いの持つ病気を理解し合うのが恋愛だ。当然お互いの傷をえぐり合う瞬間も出てきてしまう。

「普通付き合ってたら最後は結婚するでしょ？」「え、子ども嫌いな人なんているの？」「男は浮気するものでしょ？」「女の子って性欲ないんだよね？」

全部病気だ。お互いの思う常識を押し付け合っている。だが、往々にしてそういうことってないだろうか。

例えば、「他人を殴ってもいい街」があったとして、その街では誰が誰を殴っても咎められないし、人々もそれに疑問を抱いていないとしよう。でも、僕はその街に行って他人が殴られている様を目の当たりにしたら、きっと「そんなのはおかしい！」と声をあげるに違いない。しかし、それは僕のエゴだ。

そう、エゴなのだ。全部。「他人を殴ってもいい街」の例だって、僕は人が好きだから止めるが、僕が人間嫌いだったらなんとも思わないだろう。思い入れがあるから押し付けるし、思い入れがあるから歪む。愛情はエゴだ。性愛は業だ。

きっと「女ってめんどくせーな」という人ほど『女』に興味があるのだろうし、水商売の女性に偏見を持つ男ほど夜の店に興味があるのだと思う。興味がなければそこに疑問すら抱かないはずなのだ。

そして、求めて手に入らないときに、人はその対象を歪ませることで自分の心を守ろうとする。そうでなきゃ僕らは僕らの病気に気付いてしまうから。でも、病気は気付かないと治せない。見つけないと相談できない。

何かに向き合うことはたしかに辛い。苦い薬を味わう瞬間もあるだろうし、傷口に触れる必要も出てくる。しかし、結局のところ「怖いから見ない」というのでは緩やかに死んでいくしかないということだ。これは喩えではなく、本当に僕らは「自分の中の常識」という病気に殺される。まさに死に至る病だ。

治療は早ければ早いほどいい。もし子どもだったあのころにもっと素直になれていたら、もしあのとき誰かが注意してくれていたら。そう思うころには取り返しがつかないところまでこの病は根を張る。

「だって、これってそういうものでしょ?」

そんな物言いをしてしまったときは要注意だ。たとえ自分の中で合理的な説明ができているつもりでも、その説明はただ自分を納得させているだけに過ぎないときがある。その理論は自分に都合の良い参考例だけかき集めた、たった1つの例外で吹き飛ぶ砂の城かもしれない。

僕らはみんな何かの病気だ。

第3章

彼女や奥さんがいる男性へ。

普段から

愛している

と伝えていますか。

67

会えない間も自分のことを
考えてくれていた時間にこそ
女性は価値を感じるのだ。

誕生日の日にプレゼントをあげる、記念日に高級レストランに連れていく。そういう行為を素敵だと女性が呼ぶことに対して、こんな風に感じる男性がいる。

「けっ、しょせん女は金かよ」

そうではない。彼女らは「時間」を評価しているのだ。

たとえば、あなたがもの凄い大金持ちだったとして、誕生日に何も準備をせず彼女にこう告げたとする。

「そこの高級ブティックで何でも好きなもの選んで。お金だけ俺が払うから」

一見相手が選んだ1番欲しいものを渡せるし、お金に糸目をつけないなんて太っ腹じゃないかと思う人もいるかもしれないが、これが存外に女性にとっては嬉しくないこともある。だって、そこに「彼女のことを考えた時間」が1つもないから。

同じように高級レストランは高級だから嬉しいわけではない。高いレストランならそれなりに予約を取るのも大変だったんじゃないかな、この店を選ぶのにどれだけ探す時間がかかったんだろう。そういう会えない間も自分のことを考えてくれていた時間にこそ、女性たちは価値を感じるのだ。

仕事と私どっちが大事？　……なんてことは比べようがないのだが、かけた時間は比べられてしまうというのが残酷だ。仕事をする時間、ゲームをする時間、友だちと遊ぶ時間。そういう恋人以外の時間。もちろん恋人がなんでも最優先である必要はない。だけど、最優先でない時間が増えていくと、やっぱり人は寂しく思うものなのだ。

68

女性の「イキそう」は
「さっきまでのスピードと
角度で続けられたら
イキそう」って意味である。
速さ変えられたら
イケないじゃん！

女子会というのは男性からしてみると、普段は聞けない女性からの本当の意見の宝庫だ。特に性的な話というのは恥ずかしくて男性に伝えられないという人も多く、話したところでただの男友だちなんかには勘違いされても困るという心配もあるだろう。そういう意味では、僕がたまに女子会で女子の本音トークが聞けるのは非常にありがたいことだ。その中でも、特に目から鱗が落ちた意見がこんな話。

「彼氏とエッチしてて私が『イキそう』って言うと、向こうは『イッていいよ』って言って絶対ピストン速めてくるのね。なんでよ！　って思うの。私は『さっきまでのスピードと角度で続けられたらイキそう』って意味で言ってるのに、速さ変えられたらイケないじゃん！」

いま心当たりがあって恥ずかしくなった男性の方、安心して欲しい。僕もやっていた。言われてみればそうだ。「イキそう」という言葉にテンションが上がるのもあるのだろうが、なぜか当たり前のように僕ら男性は「イクということはここで激しくするもんだよな」と考えている。

思うにそれは、「男性がそうだから」ではないだろうか。男性は自慰であれ性行為であれラストは多少速度や激しさがないとなかなかイケない。これは射精という行為が交感神経というのを使うからだ……という難しい話もあるが、一旦そこは置いておこう。

とにかくセックスにおいても「自分がそうだから、相手もそうだろう」という考えは捨てたほうが良さそうだ。

69

女性の沈黙は反論がないからではない。悲しみと諦《あきら》め。

議論好きの男性が多いなと思う。男同士でも否定し合って互いの持論をぶつけ合ったり、ネット上では「はい、論破」なんて言葉が飛び出すように、話し合いに勝ち負けをつけたがる。

たまに恋人同士の口喧嘩でそれをやってしまうことはないだろうか。その昔僕が子どものころ両親に連れられて行ったＵＳＪで６時間待ちくらいの行列の前のカップルが喧嘩を始めたことがある。自分たちの列の前だからほぼ６時間その喧嘩を聞かされたのは、子どもながらになかなかの地獄だったと思う。喧嘩の発端は「疲れた」といった彼女に彼氏が「なんでお前いっつもそういうことというの？」

と返したことが発端だ。

「だって、ヒールが……」

「俺は最初からそんな靴やめとけって言ってただろ」

彼女はそこで黙ってしまった。

「ほら、またそうやって言い返せなくなるとすぐ黙る」

と、彼氏が追い詰める。いま思えば彼女が飲み込んだ言葉は「だって、デートだし」だとわかる。しかし、たぶん「デートだから」という言葉は彼には届かないのだろう。それがわかるから口をつぐむのだ。沈黙は反論がない場合だけではない。「ああ、この人には言ってもわからないんだ……」という気持ちが沈黙にあらわれることもあるのだ。

70

彼女や奥さんが言う
「セックスレスで寂しい」
はセックスがないから
ではなく
「求められていないから」
寂しいのだ。

これはしばしば自分の書籍などでも書いているのだが、よく「セックスレスで寂しい」という彼女や奥さんに「性欲が強いんだね」とか「じゃあ、セックスすればいいの？」と思っている男性が多いなと感じる。

自分が男性とそういう行為をした経験から思うのだが、セックスレスはセックスがないから寂しいと思うのではない。「求められていないこと」が寂しいのだ。

自分が受け身側にまわって男性とセックスをするときに、イカなくても満足する感覚を経験することがある。イケればそれはもちろんそれでいいのだが、むしろ、相手が自分を求めて、自分で快感を得ていることですでに満ち足りたものを感じるのだ。

だから、受け身側としてのセックスは「性欲の発散のための行為」というよりかは「コミュニケーションツールの一種」に近い気がする。「僕はまだ君を求めていますよ」ということを、言葉以上の行動で示すのがセックスなのだ。

これを男性に分かりやすく伝えるなら「在りし日の童貞の気持ちを思い出して求めて欲しい」みたいなことになるのだろう。手を繋ぐだけでもドキドキして、セックスに誘いたいけど嫌われたらどうしようみたいな躊躇もしつつ、でも、最終的には激しく求めてしまう。そういう感覚を思い出して欲しいのだ。

だから、彼女や奥さんが「セックスレスで寂しい」と伝えてきたときは、「なんだ、セックスすりゃいいのか（笑）」と単純に考えるのではなく、どうすれば「君が必要だよ」という想いが伝わるかを考えたほうがいい。

71

言われたからやるではなく
言われる前にやる。
恋愛は主体性が大切。

以前に女友だちがこんなことをいっていた。

「私、ワリカンとかは全然気にならないし、いまの彼氏とも食事はだいたい2人で半分ずつ払うんですけど、この前彼氏に『ホテル代もこれからワリカンにするから』って言われて、初めてイヤだなって思ったんです」

うむうむ、たしかに感覚としてはすごくよくわかる。彼女はこう続ける。

「だから、もうそれも伝えず別れようかなって。だって、例えばこれで私が『ホテル代ワリカンはやだ』って言って、仮にこれから彼が払ってくれても『彼女にいわれたから払う』ってことじゃないですか。それじゃ、意味ないんです」

そこでハッとした。そうか、恋愛は主体性が大切なんだ、と。

昔タバコを吸っていたころ、彼女が吸わない人だったので「タバコ嫌ならやめるよ？」と言っていたことがあった。僕はそのとき「彼女にタバコやめてって言われてやめられるんだから、これは愛情深いだろう」と思っていたのだが、彼女はいつも微妙な顔で「ううん、大丈夫」と断っていた。

いま思えば、これはまったく同じなのだ。「彼女に言われたからタバコをやめた」「彼女に言われたから奢った」「彼女に言われたからセックスをした」これでは、「あなたの気持ちはどこにあるの？」と思われてしまうだろう。

言われる前からやる。自分がしたいからそうする。恋愛時の愛の伝え方は主体性がとても大切なのだ。

72

「何か言いたげだな」と感じたら、自分から聞いてあげる機会を持とう。

「ほら、またトイレの便座上げっぱなし！」「またお皿洗ってない！」

恋人や夫婦での生活の中で、「このくらいのことでそんなに怒らなくても……」という喧嘩が増えてきたなと感じたことはないだろうか。ともすれば、パートナーのそういうところを指して「あいつ、昔はもっとかわいかったのになぁ」なんて嘆く人もいるだろう。

だが、この「些細なことで始まる喧嘩」で本当に相手が伝えたいのは、「些細なこと」自体ではないのだ。本当に言いたいことというのはもっと前からあって、その言いたいことを言いたいときに言えなかった想いが積み重なって、行き場のない怒りや悲しみをいま別の些細なことをきっかけに伝えているに過ぎない。そして、そうなると手遅れに近い。

これは特に女性に多いように思う。女性はその場の調和を重んじる傾向があるので、女子会でもたまに友人たちで話しているときに、「あ、いまこの子本当は反論したかったんじゃないのかな？」という表情を見せる子がいる。だけど、わざわざことを荒立てる必要もないと考えているのか、考えの合わない友人の一言に笑いながら「そ、そうだね……」と返事をしているのだ。

反して「言いたいことがあるなら言えばいいじゃん」というのは非常に男性的だと思う。友人であっても、自分の言いたいことは主張する。どちらがいいというのではなく、単純に環境の違いだろうと思う。

手遅れになる前に「何か言いたげだな」と感じたら、自分から聞いてあげる機会を持つことはとても大切だ。

73

恋人同士の「記念日忘れ」はスマホのリマインダー機能で解消。

恋人同士のモメごとでもよく起こり得る「記念日忘れ」。記念日ならまだしも誕生日などもうっかり忘れたりする人がいる。これは意外と男性に限らず、女性の中でも結構いるらしい。

そこで、記念日や他人の誕生日を忘れないためにオススメの方法がある。携帯やスマートフォンのリマインダー機能だ。いまやＬＩＮＥが普及して、アドレス帳をあまり使っていない人も多いが、アドレス帳には誕生日を記載する欄があるのをご存知だろうか。

次回から知人や友人の誕生日を聞いた際には、コッソリそこに誕生日を書いておくことをオススメする。そうすることで、カレンダーに自動でその人の誕生日が毎年登録されるようになるのだ。前の日や当日には通知も届くようになる非常に便利な機能だ。

記念日の場合は「○○記念日」などの名前でアドレス帳に新規登録をし、生年月日の欄にその記念日の日付をいれれば、記念日に通知を届けることも可能だ。

恋人だけではなく、友人の誕生日なんかもこまめに登録する癖をつけておくと、誕生日などに「誕生日おめでとう」というメッセージなんかも送れるし、最近は遠くにいる人にもギフト券をＬＩＮＥなどで送れるようになっているので、会うほどではないけどなにかお祝いをしてあげたい友人などの誕生日も祝福できる。

「まさかあの人からお祝いされるなんて」と思っていた人からお祝いメッセージがくる。これは結構嬉しいものだ。これを機に仲良くなる友人なども増えたりするので、恋愛を求めている人には良いチャンスになるかもしれない。

74

自分が本当に相手を
愛しているのか。
それを確かめるには、
セックスができない日を
振り返ればいい。

思えば、正直10代や20代の恋愛は性欲先行型の恋愛も少なくなかったと思う。生まれながらに相当淡泊な男性でもなければ、少なからず激しい性欲に悩まされる時期を経験したことがあるだろう。初めて自慰行為を覚えたばかりのころに、親や兄弟の目を盗んで日に何度もその行為に耽《ふけ》ったり、発散したいのに恋人がいない状況に独り悶々としたものを抱えたり……。

当時の彼女などにとってはいい迷惑であり、失礼極まりないことではあるだろうが、性欲という勢いがなければ付き合うことのなかっただろう女性もいたかもしれない。逆に言えばそれをきっかけに始まった恋もあったということなのだが、そういう恋愛というのは往々にして上手くいかないものだ。

心理学的には「家族への愛情」や「友人への愛情」と「恋人への愛情」を分けるものは「性欲の有無」だとされているそうだ。愛情と性欲が伴ったものを我々は「恋愛」と呼ぶらしい。しかし、これが厄介なことに僕らはよく「激しい性への欲求」を「愛」だと勘違いしてしまうことがある。愛情はなく、性欲だけで続く関係――これも恋愛とは呼びにくいだろう。

本当に相手を愛しているのかを確かめるには、セックスが終わったあと、セックスができない日でも相手に優しくできているのかと我に返ることが効果的だ。結局見返りを求めた時点で、それは「セックスがしたいがための優しさ」でしかない。性と愛、どちらも欠けることなく求めて恋愛といえるのではないだろうか。

75

愛想よく
接してくれるのが
当たり前に
なってしまった時点で
少しずつ勘違いが
生まれる。

女性の見た目になって実感したことの1つに、「女性はあらゆるところでコンパニオンをやらされている」というものがある。仕事関係の飲み会でも「女性だから」というだけで呼び出されたり、プライベートで飲みに来た店で男性客との会話を店の人に誘導されることもある。

まあ、だからといって「不愛想にする権利がある」という話がしたいわけではない。男性も女性も、特段理由がなければ基本的には円滑にコミュニケーションを図るよう努めるものだし、意固地になりすぎるのはなりすぎるのでこじらせているなと思う。

ただ、当たり前だと思うのは危険だ。

例えば、古い世代でありがちな「女なんだからお酌《しゃく》くらいしろ」なんてのはナンセンスだし、時代錯誤なのは聡明な読者諸君は理解できるところではあるだろう。じゃあ、若い世代にそういう振る舞いがないのかというとそうでもない。

例えば、街中でナンパしてくる若い男性を断ったら「調子に乗んな」なんて捨て台詞を吐かれることがある。なぜいきなり街中で話しかけてきた不躾《ぶしつけ》な若者の誘いにのらなかったら「調子に乗っている」ことにされるのか。

俺はそんなことはないといま思っている方がいるなら、本当に大丈夫か常に自分を疑ってみることを勧めたい。職場で、友人同士で、デートで、結婚生活で……愛想よく接してくれる女性への感謝を常に持ち続けているのか。当たり前になってしまった時点で少しずつ勘違いが生まれてくるものだ。

76

巨根？　テクニシャン？
そんなの関係ねぇ！
1番大事なのは
「相手を惚《ほ》れさせること」。

よく「やっぱり巨根のほうがいいのかな？」なんてことを気にする男性がいる。そうでなくとも、例えば『AV男優が教える！　本当に気持ちいいセックス』みたいなセックスマニュアル的な書籍も巷に溢れているだろう。

テクニックも性器の形も「物凄く乱暴にする」とか「挿入が難しいくらい小さい。または大きい」とかでなければ、ぶっちゃけ『人による』としか言えないのだが、そんなことよりも大事なことがあるのではないかと思う。

これは知人の女性の話だ。その女性は長年好きな男性アーティストがいたらしいのだが、たまたまツアーでその女性のいる地域に彼がやってきたそうだ。長く住んだ地元なので、飲み屋の知り合いも多く、彼女はうまくそのライブの打ち上げに潜り込むことができたらしい。

大ファンだということを隠しつつ、知人の知人という立場で彼とも打ち解け、その晩なんと彼のほうからホテルにお誘いがあったそうだ。喜び勇んでホテルに一緒に向かうなりそのままベッドイン……。ところが、その男性、セックスがド下手だったらしい。

「それは残念だったね」と彼女にいうと、「でも、憧れの人とデキたってだけでイケた。人生で１番いいセックスだった」と彼女は答えた。結局そういうものなのだ。小手先のテクニックよりも、１番大事なのは「相手を惚れさせること」。これに勝るテクニックはない。

77

何かを与える
ということより、
何かを我慢する
ことのほうが
人は難しいのだ。

与えることが愛だと感じる人は多い。

たとえば、「俺は彼女の誕生日に１００万かけた！」という自慢をする男性がいたとして、それを愛の度合いとして語る人はいるだろうし、された側も「たしかにこれだけ使ってくれるってことは愛だよね」と思う人はそれなりにいるだろう。

しかし、案外「与えること」というのは簡単だ。それはいまあるものを提供するということであって、これから得るものを失う行為ではないからだ。ちょっと難しいだろうか。

先ほどの例でいえば、１００万円を使うというのはその男性が１００万円をもっているからこそできることだ。ある種、与えることで自分自身が良い気持ちになれるということもある。

じゃあ、これが「自分のために用意した１００万円を急遽予定変更して彼女の誕生日に使う」ということだとするとどうだろうか。これは「与えること」というより、「我慢すること」に近い。こうなると人は途端にできなくなってしまう。

恋人に言われても浮気がやめられない人がいたり、恋人に言われてもタバコやお酒をやめられない人がいるのもそう。何かを与えるということより、何かを我慢することのほうが人は難しいのだ。

与えたことを自慢しているようではまだまだ。愛のために我慢できる人は、その「我慢してあげた」ということすら口には出さず我慢できる人だ。

78

「もうダメだ」そう思ったときはスッパリ別れるべきだ。

これは恋愛面だけではないのだが、周りには尊敬できる人だけを置いたほうがいい。尊敬の部分は何でもいい。自分より仕事ができるとか、自分より知識があるとか、自分より女性にモテるとか。

ただ、こりゃダメだなという部分の度が過ぎたときにはすぐに縁を切るべきだ。もしその人が会社の人とかで、どうしても関わらないといけないときには、できるだけ仕事以外で付き合わないようにすればいい。

ダメな人といると、人間はダメになる。たとえば、人として成長していくような人というのは、一緒にいるために自分も成長していかなければいけないだろう。だが、ダメな人と一緒にいるためには、向こうはどんどん落ちていくわけだから、自分も一緒に落ちていくことでしかそばにいられない。こんな関係は無意味だし、自分の価値を下げるだけだ。

またこれは恋人も同じだ。多少その他の人よりも想い入れはあるだろうから、しばらく様子を見る期間は必要かもしれないが、やはり「これはもうダメだ」と思ったときはスッパリ別れるべきだ。ダメな人との恋愛は男女ともに、はたから見ていて「あー、恋人だけじゃなくこの人もだんだん変になってきたなー」と思うことが多い。

だが、これが自分のこととなるとスッパリ決断ができなくなるものだから難しい。だからこそ常に意識しておくべきだ。しょーもないなと感じたら、自分までしょーもなくなる前に縁を切る。これが大切だ。

79

「うちの嫁なんて全然かわいくないしさー」という男性へ。「おめーが嫁をかわいくさせてない1番の原因だよ」。

これはこれからのモテとは別の話かもしれないのだが、かわいい彼女が欲しいという人は多いと思う。「いや、自分にはどうせ無理」とかそういう自虐は置いておいて、誰とでも付き合えると言われたら、女優のあの人とかアイドルのあの人とかいっぱい例はあげられるだろう。

よく女性の方に「どうやったらかわいい仕草とかできますか？」と聞かれることがある。そのとき僕はよく「自分のこと石原さとみだと思えばかわいい仕草ができるようになるよ」と答えている。これは冗談でもなんでもなく、本当に自分のことをかわいいと思えたらかわいい仕草なんていくらでもできるのだ。

でも、心の底からそう思い込むことは難しい。僕らは大人になる過程で自分を愛することを禁じられてきたし、自分を客観視することを強要されてきたから。「どうせ私なんてかわいくないし……」と思えば思うほど、かわいく振る舞うこともかわいくなることも諦めていく。

そこで、大切なのが彼氏なのだ。「うちの嫁なんて全然かわいくないしさー」みたいなことをいう男性がいるだろう。あんなの僕からいわせれば「おめーが嫁をかわいくさせてない1番の原因だよ」って話なのだ。

女優やアイドルのような彼女が欲しい男性は、まず彼女を女優やアイドルのように扱う必要がある。順番が逆なのだ。かわいい彼女にかわいいというのではない。彼女をかわいくするためにかわいいと伝えることで、女性はどこまでもかわいくなる。

80

いまそばにいる人に愛情を伝えることを怠《なま》けてはいけない。

これはモテとかではないのだが、根本的なこととして彼女や奥さんに「好き」という言葉を伝えているだろうか。人というのは「嫌い」というものにはすぐ口に出したりネットに書き込んだりするわりに、好きなものに「好き」というのは結構怠《おこた》りがちだ。

以前、面識のある一人のミュージシャンがＳＮＳで音楽活動を引退すると書いた。正直そんなに有名な人ではない。色々な知人に声をかけたりして、なんとかライブを続けてきたのだが、年齢諸々を鑑《かんが》みてやめることにしたのだ。

彼のＳＮＳにはその引退発表に様々な悲しみの声が殺到した。「大好きでした」、「やめるなんてもったいない」、「もっと歌声聞きたかったです」……などなど。彼はそんなコメントにこう返した。

「引退する前に聞きたかったです」

好きな人に好きと伝えないと、いつか好きな人はいなくなってしまうものだ。ファンだなんだといっても、ライブに来てくれない、ＣＤを買ってくれない、そういう形のない愛情では生きていけないことを知った彼の悲痛な叫びだったのだろう。

これはパートナーに対してもそうだろう。どこかいることが当たり前になって、明日も明後日もこういう日々が続くのだと考えている。それはある意味では心地よいのかもしれない。しかし、永遠なんてものはないのだ。いまそばにいる人に愛情を伝えることを怠けてはいけない。

81

パートナーにだけ厳しくなっていませんか？

これは自分もやってしまいがちで、ふとした瞬間に思い返して修正するよう心がけているのだが、「パートナーにこそ厳しい人」になってしまっていないだろうか。

たとえば、初対面の人や付き合う前のときはよく気にかけているし、向こうが精神的・肉体的に疲れているときに「休んでていいよ」なんて声をかけていたのに、交際してからやたらと厳しく接してしまうようになっている……みたいなこと。

これには様々な理由がある。本来優しくしていた自分は『よそ行きの自分』であって、関係が深くなってなんでも言えるようになってしまったから、つい辛辣《しんらつ》なこともいってしまっている場合。もしくは、結婚相手やパートナーとして選ぶ女性にはちゃんとしていてもらいたいから、間違っていることや堕落しそうな状態を見逃せない場合。

これはある意味深い関係だからこそ起こり得ることともいえるのだが、行き過ぎてしまっているケースは非常に多い。本当に限界ギリギリの状態の彼女に「いや、お前も悪いとこあるんじゃない？」なんていってしまったり、「しんどいっていうけどさ、みんなしんどい想いしてんだから甘えるなよ」なんて責めてみたり。

だが、これは本来おかしい。そもそも恋人というのは特別な存在なのだから、他の人よりも優しくしたり、甘えさせてあげられるはずだ。それをなぜそんなに親しくない人以下の扱いをするのだろうか。心当たりのある人は気を付けよう。親しさを勘違いするあまり、自分のエゴを相手に押し付けていないだろうか。

82

家族サービスって言葉はなんだか変じゃないだろうか。

「馴れ合いを求める俺、新鮮さ求めるお前」と歌った湘南の風の『純恋歌』がヒットしたのは２００６年だ。時代は変わり、男性も女性も社会においての関係性は変わりつつあるが、こういう感覚はいまも昔も変わらないなと感じる。

付き合っていくうちにだんだんと家で２人で過ごす時間が長くなり、なんとなく永遠にこの関係が続くのではないか、続けばいいなと考える男性。しかし、そんな毎日の中で交際始めたてのころのような刺激的な日々を求める女性。

よく『家族サービス』なんて言ったりするだろう。休日返上で奥さんやお子さんのためにレジャー施設に連れていくお父さんの行動を指す言葉だが、これってなんだか変じゃないだろうか。別に動物園や遊園地は大人が行っても楽しい場所なのに、さも自分は「家族にせがまれたから別に面白くもないのに連れてきてます」といった風だ。

交際当初は男性もデートを楽しんでいた。だが、そのデートの計画はいつしか嫁のご機嫌伺いの企画と化し、デートスポットはただ疲れるために行く場所になる。できることなら家で家族とダラダラ過ごしていたい。

しかし、永遠なんてものはないのだ。男女の関係に永遠を求めるうちは特に。未来は１秒先が繋がってやってくる。いわば「今日も好き」「明日になったけど好きだった」がずっと続いて、やっと死ぬ間際「ああ、この恋は永遠だった」となるわけだ。

そのためには「いまこの人が好きだ」とパートナーに思わせ続けなければならない。恋愛にも新陳代謝が必要なのだ。

あとがき

この本の執筆の依頼が来たのは出版と同じ年の6月10日の夜8時だ。その後の打ち合わせで竹書房の担当編集から「男性のモテ」について本を書いて欲しいといわれた。そのとき、これは難しいなと思ったのを覚えている。

僕はよくSNSで女性の生き辛《づら》さに言及することが多い。普段男性の見た目から女性の見た目で生活するようになって、男性のときには見えていなかった女性を取り巻く厳しい環境が垣間見えるからだ。

そんな僕がモテ本を書くというのは、なんだか真逆のような気がしたのだ。モテにも色々な定義があると思うが、たぶん「不特定多数の異性に好意を抱かれる」というのはモテの1つだろうと思う。もしかしたら、同性に好かれるのもモテかもしれない。

しかし、こう……こういう見た目になって女友だちも多くなってくる中で、「私の彼氏が浮気してたのサイアクー！」とか「○○くん素敵だけど、女の子の友だち多いから付き合うのは不安ー！」とかいわれてるのを聞いてると、そういう男性を増やす本というのは、むしろ普段書いてる内容と矛盾しないだろうかと悩んできたりもした。

大体担当編集のいう「モテ」とはなんなのかという話である。「不特定多数の異性から好かれるけど、セックスの対象や恋愛の対象には入らない」という男性だっているだろう。いわゆる女友だちみたいな男性だ。それでよかったらいっぱい書ける。

そもそも僕は恋人と別れた2年前くらいから、ほとんどセックスというのをしていないのだ。ただ、遊びに行く女性は多い。女友だち感覚かというと、そういうわけでもないのだが。

こういう格好をしていると、やっぱりあまりよく知らない女性からは「同性」という目で見られることも多い。だが、別に女性も恋愛対象に入るし、同性ノリに全部付き合えるわけでもないのでわざと「異性」を意識させることはある。たとえば、食事は奢ったりだとか、基本的にリードする側に回ったりだとか、そういうのだ。

で、こういう立ち回りは、やはり女性的な生活を知って上手くなったと思う。女性のファッションを見てどこを褒めればいいかに気が付くし、こういうことをいわれたら傷付くなということもなんとなく経験則からわかる。

よくモテ理論で強引にグイグイ押すやり方をテクニックとする男性がいるが、別にそつなくこしてもセックスに繋がることはできる。いま別にセックスを求めてはいないが、結果セックスに繋がってしまった（言い方が超悪い）例はいくつかある。

フローチャートみたいなものだ。女性の望む回答を続けていくと、最終的にセックスに繋がる。

この本の中で挙げた「○○って映画流行ってるんだってー！」と女性がいったら「一緒に行こうよ」というパターンでいえば、それで一緒に映画に行くと、終わったあと食事に行ったりするだろう。話を聞いてこの本の中にあるように色々共感ベースで話していると、「もうちょっと一緒にいたいねー」みたいに言われたとき「わかるー」と返して、結局ホテルに行ったりする。ホテルに行ったらこれで何もないのはそれはそれで女性も傷付くのでセックスをすることになる……みたいな。自分で書いててなんでこれでセックスに繋がるのかよくわからないが、女性が望む回答を続けていたら、最終的に全部受け入れなくちゃいけなくなって、全部受け入れるという最大の承認がセックスという行為になってしまうという感じ……。やっぱり解説していてもわからない。

ただ、これの問題点はこうなってしまうと「セックスしたんだから付き合うよね？」という話になったとき、全部にOKしなくちゃいけなくなって、逆にクズ男の仲間入りをしてしまうことだ。人間、安請け合いはしてはいけない。

ということもあって、最近は女友だちと飲みに行っても自分から帰してしまうことが多い。それでも結局向こうからホテルに誘われたら「ああ、女の子から言うのは勇気要っただろうな。言わせて申し訳ないな」が勝って行ってしまうこともある。幸いそれで終わってもいまのところトラブルにはなってないが、いつか痛い目を見そうなのでちょっともう飲みに行くのもやめようかと思っているところだ。

そのわりにたまに本気で口説きたいと思う女性が現れると、その子とはセックスも恋愛にも発展しなくなったりするから難しい。なんだろう、思い入れがないほうがスマートに口説けるというのは人類最大のバグとしか思えない。

要するに向き不向きだと思うのだ。この書籍の中で恋愛を営業に例えたものがいくつかあるが、営業マンにも種類がある。大口の契約をとるのが上手い営業マンや、小口をかき集めて成績を生む営業マンや、強引な押せ押せの営業スタイルもあれば、あいさつ回りで少しずつ契約に結びつけていく営業スタイルもある。

僕の場合は小口で信頼関係を築いていって、確実に契約に結び付けるタイプなんだろう。そういえば、営業マン時代もそうだった。特に女性客の話を延々聞いてるうちに契約の話に持っていくことが多かった。

まあ、なにはともあれ営業も恋愛も、まず交渉の場になる前に清潔感や態度で嫌われてしまっては元も子もない。この本でのセクハラになる例や、女性に嫌われる言動の例はそういう基本のキだ。そこから先の交渉術については、共感しつつ付き合ったりホテルに行ったりの「ＹＥＳ」の返事を引き出す訓練をしていってもらいたいと思う。

あと普通にこれができれば、男性からも嫌われない会話ができると思う。そりゃ男同士だって清潔感がないのとあるのとだったらあるほうがいいし、自分を楽しませてくれる男性は好きだ。男友だちにモテたってモテはモテだろう。

人間というのは社会性のある動物である。社会とはコミュニケーションで成り立っている。コミュニケーションをとることを放棄すると、社会では生きられない。僕らは生きている以上、様々な偏見や差別を持って生活するわけだが、コミュニケーションとは互いのそういう差異を受け入れた先にある。

たまに納得して、たまに変だなと感じて、ちょっとずつお互いの距離感をわかっていけばいい。いまから始めよう。ヒトにモテる生活。

モテたいと思っている男ってなんであんなに気持ち悪いんだろう

~本当にうまい女性のほめ方~

大島薫　©Kaoru Oshima

2019年12月9日　初版第一刷発行

【発行人】後藤明信
【編集人】金本晃
【発行所】株式会社　竹書房
郵便番号　一〇二－〇〇七二
東京都千代田区飯田橋二－七－三
電話　〇三－三二六四－一五七六（代表）
〇三－三二三四－六二〇一（編集）
http://www.takeshobo.co.jp

【写　真】長谷繁郎
【装　丁】小出耕市
【印刷所】中央精版印刷株式会社

TAKESHOBO Printed in Japan
ISBN978-4-8019-2084-2 C0093